チート薬学で成り上がり！

CHEAT YAKUGAKU DE NARIAGARI!
hakushaku ke kara houchiku sareta kedo
yasashii shishakuke no youshi ni narimashita!

伯爵家から放逐されたけど優しい子爵家の養子になりました！

2

著 めこ

illust.汐張神奈

主な登場人物
MAIN CHARACTER
パスク
アレクのパーティーに加入した、もの静かな青年。その正体は『魔ノ国』の元王子。
オレール
アレクのパーティーに加入した、凄腕の魔法使い。ノックスとは旧知の仲。
ノックス
アレクの師匠であり護衛の騎士。剣術も魔法もトップクラスの実力。
アレク
女神からスキル〈全知全能薬学〉を授かり異世界に転生させられた本作の主人公。その力を使って、異世界で成り上がりを目指す。

ヨゼフ
アレクを養子として引き取った子爵。アレクの薬により、妻カリーネと共に若返った。
カリーネ
ヨゼフの妻で、アレクの薬によって若返った。アレクを本当の息子のように可愛がっている。
ナタリー
アレクの専属メイド。常にアレクのことを第一に考えているが、たまに取り乱すこともある。
セバン
子爵家の筆頭執事。アレクの薬で若返り、より一層仕事に精を出している。

第一章　王都への旅

ブラック企業勤《づと》めのサラリーマン、高橋渉《たかはしわたる》は、「異世界に行きたい」と口に出したことがきっかけで、女神アリーシャによって異世界のバーナード伯爵《はくしゃく》家次男アレクへと転生した。

しかしその伯爵家では、使用人も含め家ぐるみで、妾《めかけ》の子であるアレクを迫害してくるという環境だったため、アレクはすぐにその環境からの脱出を決意する。

なお、転生した際に与えられた5つのスキル――〈全知全能薬学《ぜんちぜんのうやくがく》〉〈薬素材創造《くすりそざいそうぞう》〉〈調合《ちょうごう》〉〈診断《しんだん》〉〈鑑定《かんてい》〉――に当初アレクは不安を覚えていたが、それらはチートと言っていい最強スキルだった。

〈全知全能薬学《ぜんちぜんのうやくがく》〉〈薬素材創造《くすりそざいそうぞう》〉〈調合《ちょうごう》〉は、あらゆる薬の知識を閲覧《えつらん》し、その素材を生み出し、調合するという一連の流れを完璧に行うことができる。そして〈診断《しんだん》〉〈鑑定《かんてい》〉を使えば、対象の病気や状態を高い精度で確認することができるのだ。

アレクはそんな最強スキルを活かし、伯爵家への復讐心《ふくしゅうしん》を抱えながら脱出したのだった。

そうして、伯爵家で唯一アレクのことを気にかけていた専属メイドであるナタリーとともに馬車で旅をしている途中、アレクはオークに襲われていた老人を救う。

その老人はなんとヨゼフ・フォン・ヴェルトロ子爵《ししゃく》で、アレクは養子として子爵家に入るよう提案され、それを受け入れた。

こうして転生早々に大きく環境を変えたアレクだったが、そんな彼の複雑な身の上に同情したヨゼフとその妻のカリーネに愛されながら、子爵家で幸せな生活を送るのであった。

◆　◇　◆

アレクは子爵領で暮らすかたわら、転生して以来の目標である冒険者になるため、仲間探しをしていた。

そうしてひとまず、子爵家の騎士団《きしだん》の元団長であるノックス、続いて奴隷《どれい》商会で魔《ま》ノ国《くに》の王子パスクワーレ、そして最後にノックスのかつての仲間である魔法使いオレールをパーティーに引き入れた。

それからアレクの生活はより一層慌《あわ》ただしいものになっていく。

屋敷の使用人全員にパスクワーレの紹介をしたり、ノックスと魔法の訓練をしたりと、やることがたくさんあったからだ。

オレールは子爵家が用意した家に引っ越しをして、日中は私兵の訓練に参加して勘《かん》を取り戻そうと頑張っている。

そして今日、アレクはヨゼフとカリーネとセバンと一緒に、王都へと向かう予定である。

国王が企画した晩餐会《ばんさんかい》が開かれるからだ。

晩餐会を前に、アレクの薬によって二十代頃の姿に若返ったヨゼフ、カリーネ、執事《しつじ》のセバンの三人は元気が溢《あふ》れている。

護衛《ごえい》はヴェルトロ家の騎士団のロイス団長と副団長、それに騎士が十名付いてくる。

ちなみに、ノックスとパスクワーレは子爵家を守るために残ることになった。

「アレク様、無事を祈っています」

ナタリーがアレクの手を握《にぎ》りながら心配そうに訴える。

「心配してくれてありがとう、ナタリー。でも、こっちには私兵もいるし、セバンもいるから大丈夫だよ。それより、また変な輩《やから》が子爵家に来たら、すぐに逃げるか隠れるようにしてほしい」

アレクはもしものことを心配し、ナタリーにそう伝えた。

「はい！　先日、アレク様から言われた通りに行動しますね」

そんな話をしていると、カリーネがアレクに声をかける。

「アレクちゃん、そろそろ馬車に乗りましょう」

「はい！　じゃあナタリー、行ってくるね」

「いってらっしゃいませ。アレク様」

アレクが手を振りながらナタリーに言うと、ナタリーも手を振りながら見送る。

ノックスが拳《こぶし》を突き出すと、アレクも拳を突き出す。

アレクとノックスは前日に色々言葉を交わしたので、行く前に再度何か言葉を交わすことはなかった。

「ハァハァ、皆さん、すいません。お待たせいたしました」

息を切らせて馬車に着くと、もう皆座っており、アレクを待つのみであった。

セバンが貸してくれた手を取り、アレクは馬車に乗り込む。

「構わんぞい。屋敷の者とは数日会えないのじゃ。別れの挨拶は大事じゃからのぅ——よし、出発してくれ」

そうヨゼフが言うと、セバンがロイス団長に合図を出す。すると馬車が動き始めた。

少ししてから、アレクはヨゼフに質問をする。

「父上、王都まではどのくらいかかるのですか？　あと、どれくらい滞在するのですか？」

「王都までは三日くらいじゃな。滞在期間も三日を考えておる。晩餐会とは別に王都で一日のんびりする時間を作っておるから、王都見物をしてきてええぞい。その時の護衛はセバンに頼もうと思っておる」

三日間は馬車の揺れによるお尻の痛みと戦うのか、とアレクは早くもお尻の心配を始める。

しかし、それより初の王都に心躍《こころおど》らせ、どんなところか妄想《もうそう》を膨《ふく》らませるのだった。

「はい！　私にお任せください。アレク様には虫《ゴロツキ》一匹近寄らせません」

若返ったセバンは仕事の合間を縫《ぬ》って密《ひそ》かに訓練をしており、さらに強くなっている。

アレクが密かに鑑定したところ、思わず叫びそうになるほどのステータスとなっていた。

「セバンは頼もしいわね。あなた、私もアレクちゃんと王都見物に行ってきてもいいかしら？」

「うむ。構わんぞい。ワシも行きたいが、色々やることがあってのう……帰ったあと、土産《みやげ》話を聞かせてくれんかの？」

アレクは今のカリーネとヨゼフのやり取りを聞いて、本当に仲のいい夫婦だなと思う。

（将来結婚する機会があれば、こんな夫婦になりたいな）

前世でモテていなかったアレクは、果たして結婚できるのか？　という焦りも同時に感じていた。

（女神様、高望みはしませんから、献身《けんしん》的で性格のいい女性と結婚できますように）

——そんな思いはさておき、馬車は王都へと進んでいった。


その後は他愛《たあい》もない話をしながら馬車に揺られ、今日泊まる町に着いた。

だが町の門前で、何かを大声で訴えている人がいるのに一行は気付いた。

「娘を……娘を助けてください！」

男性が汗を額《ひたい》に滲《にじ》ませて、必死な顔をして叫んでいた。

「何度も言っていますが、その状態の人間を中に入れることはできません。もし、ここの住人に感染が広がったらどう責任を取るのですか？」

門番はそう冷たく言い放つ。苦しんでいる子供の姿を見て伝染病だと判断し、町に入れないようにしているのだ。

「ですが、このままでは娘が死んでしまいます。どうかお願いします！」

少女の父親は死にそうな娘のために必死に懇願《こんがん》している。

ヨゼフとアレクは、騎士団の隊員二人とともに彼らのもとへと向かうことにした。

「ワシらも町に入りたいのじゃが、なにやら揉めておる声が聞こえてのぅ。どうしたのじゃ？」

ヨゼフがそう尋ねると、門番はその見た目から、貴族だと気付き慌て始めた。

「た、大変申し訳ございません。すぐに通れるよう対応いたします」

「そうではないのじゃ。そちらの御仁《ごじん》が娘を助けてくれと言っているのが聞こえたもんじゃからな」

「はい。病気のようなのですが、あまりにひどい状態のため、伝染病かと思い、お通しできないとお断りしていたのです」

少女を見ると呼吸は荒く、顔色は真っ青だった。

アレクはすぐに〈診断〉を使う。

するとアレクの目の前に、患者の名前と病名、そして余命が表示される。診断結果には、新しく『症状』と『感染』が追加されていた。

患者：エリー
病名：血液性細菌感染症《けつえきせいさいきんかんせんしょう》（重症）
症状：頭痛、咳《せき》、体温上昇、悪寒《おかん》、ふるえ、手足の冷え、心拍数の上昇、呼吸数の増加
感染：伝染確率低
余命：二十八日

（スキルがレベルアップしたのか？　それとも女神様からのプレゼントなのか？）

そう予想をするアレクだったが、はっきりしたことは分からないし、今はそれどころではない。

「父上、彼女は確かに病気でしたが、感染のリスクは基本的にはないようです。そしてこの子をこのままにすれば、一ヶ月も持ちません。もし許可していただけるなら、治療《ちりょう》をしたいと思います。スキルを使ってもよろしいでしょうか」

小さな子が苦しそうにしているのは見過ごせないと感じたアレクは、そう言ってヨゼフに頭を下げる。その間も、少女は苦しそうにしていた。

「分かった。アレク、すぐ馬車から薬を持ってきなさい」

「はい！　分かりました」

馬車の中であれば、アレクがスキルで薬を生成している現場を見られないだろう。そう思ったヨ

ゼフは、いったん馬車に戻るようアレクに指示を出した。

アレクはすぐに馬車に戻り、〈全知全能薬学〉で調べた治療薬を調合する。

薬を完成させたアレクは走って女の子のところに向かった。

少女の父親から「お願いします、どうかエリーを助けてください！」と言われる。止められることはなかったのは、アレクがいない間にヨゼフが説得してくれたためだ。

「エリーちゃん、口を開けて飲めるかな？　飲んでくれたら、苦しいのが治るからね」

アレクはそう言いながら、微かに開いた少女の口からゆっくり薬を流し込む。

少女は苦しそうにしながらも、最後まで飲んだ。

すると、少女の顔色がよくなり呼吸も正常に戻り、静かに眠り始めた。

「もう大丈夫そうですね。お父さんもエリーちゃんも汚れていますから《清潔》《クリーン》をかけますね」

泥《どろ》や吐瀉物《としゃぶつ》で汚れた二人に《清潔》《クリーン》をかける。少女を抱き起した際に、アレク自身も汚れてしまったので、自分にも《清潔》《クリーン》をかけた。

「本当にありがとうございます！　今、手持ちはありませんが必ずお礼をお支払いいたしますので、お名前をお聞かせ願えませんでしょうか？」

父親は泣きそうになりながらアレクにそう話しかけてきた。

「私はアレク・フォン・ヴェルトロです。それと、お礼は結構ですよ。人助けでお金儲《もう》けをすることは考えていませんから。たまたま娘さんの病気に効く薬を持っていただけですので」

「ワシはヨゼフ・フォン・ヴェルトロじゃ。息子の言う通り、金はいらんよ」

ヨゼフはお礼を断ったアレクを見て、王都に着いたら、今回のご褒美《ほうび》にアレクにお小遣《こづか》いを渡そうと決めた。

「私は王都の商会の会長をしております、ランドと申します。この子は娘のエリーです。荷馬車が壊れてしまったあと、娘が急に体調を崩してしまい、全てを捨ててここまで娘を背負ってきたのです。娘のこと、本当にありがとうございます」

ランドは貴族らしき二人が礼はいらないと言っているので、これ以上払うと言うのは不敬に当たると考えた。

「しかと礼の言葉は受け取ったでのぅ。早く娘さんを宿に連れて行ってあげなさい。これは少ないが路銀《ろぎん》じゃ。返さなくてええからのぅ」

ランドが一文なしということが分かったヨゼフは、宿代と飯代と帰るための乗り合い馬車のお金を渡す。

「本当に何から何までありがとうございます。すぐ娘を宿に連れて行きます。このご恩は一生忘れません」

そう言うと、ランドは娘を抱きかかえたまま走って町へと入っていく。

その後、アレク達も門番の検査を受けたあと、宿に向かった。

一日目から大変なことが起こったなと思うアレクであった。

◆
◇
◆

町を出て、出発してから三日目。現在馬車は街道をひた走っている。もうすぐ王都に到着する予定だ。

一日目は少女を助けるというちょっとしたトラブルがあったが、昨日、今日と何も起こっていない。

変わったことといえば、王都に近付くにつれて人通りが多くなり、貴族が乗っていそうな豪華《ごうか》な馬車が増えたくらいだ。

「父上、母上、人が増えてきましたね。そろそろ王都でしょうか？」

多くなってきた人通りと、綺麗《きれい》に舗装《ほそう》されている街道を見てアレクはそう尋ねる。

「もうすぐじゃな。王都の大きな壁と門が見えてくるはずじゃ」

「私も、王都は二十年ぶりくらいだわ。凄《すご》い楽しみよ」

カリーネは長らく病に臥《ふ》せっていたため、王都にはしばらく行けていなかった。

やがて、高さ十何メートルはあろうかという王都の壁が見えてきた。大きな戦争が起こっても簡単には崩れないと感じさせる迫力だ。

「うわぁ～本当に大きいですね。オーガの一撃も耐えそうですよ」

アレクは以前戦ったオーガを思い出しながら話す。

するとヨゼフがしみじみと口を開いた。

「アレクにこの壁ができた理由を教えようかのぅ。この壁は二百年前に起こったスタンピードを教訓に作られたのじゃ。多くの魔物が王都に押し寄せ、あわや陥落《かんらく》というところまでいったらしいのじゃが、何とか殲滅《せんめつ》に成功し、魔物を二度と王都内に入れないように強固な壁が建てられたと言われておる」

「そんな歴史があったのですね。まさか、王都が陥落するほどのスタンピードが起こるなんて……」

スタンピードとは森やダンジョンから大量の魔物が溢れ出すことである。

もし、陥落していたら今こうして王都を訪れることはできなかったし、そもそも、王国自体がなかったかもしれない。

「原因は不明じゃが、いつまた起きてもおかしくないからのぅ。もしかすると、ワシらの領に溢れ返るかもしれん。じゃが兆候《ちょうこう》はあるからのぅ。逃げる時間くらいはあるから心配せんでもええぞい」

アレクは、もしそうなったとしたら薬をどれだけ使っても、助けられる命は助けたいと思った。

ようやく王都の門に到着した。護衛として同行してくれていたロイス団長が馬車を降り、門番と話している。しばらくして門番がこちらにやってくる。

「申し訳ございませんが、馬車内の検査をさせていただいてもよろしいでしょうか？」

「構わんぞ」

「ありがとうございます。では一度馬車から降りていただけますでしょうか」

馬車から降りると、門番はあちこちを軽く叩いたり、中を覗《のぞ》き込んで目視確認をしたり、色々な検査を始めた。

ちなみに、叩くのは変な空間がないかを調べるためだ。そうした空間に違法な物が隠されていることがある。

「——異常はないようですね。ご協力感謝いたします。それではどうぞお入りください」

何も問題がなかったようで、王都に入る許可が出た。

アレク達は、再度馬車に乗り込み王都内に入る。

「父上、王都ではいつもあのような検査があるのですか？」

「いや、普通はないのじゃが……晩餐会があるからかのぅ？　まあ、気にせんでええぞい」

「はい。王都見物と晩餐会のことだけ考えておきますね」

「そうじゃな。明日はカリーネと楽しんでくればよい。小遣いもたっぷりやるからのぅ」

「父上、ありがとうございます。いっぱい楽しんできますね」

「よいよい。アレクが幸せなら、ワシもカリーネも嬉しいからのぅ」

「そうよ！　アレクちゃん！　王都は楽しいところがいっぱいよ、たくさん楽しみましょう」

これぞ幸せな家庭といった感じの会話が馬車内で繰り広げられる。

セバンはその光景を目《ま》の当《あ》たりにし、目頭を押さえていた。

「なんと素晴らしいのでしょう。私も若返りましたし、家庭を持つのもいいかもしれませんね。第二の人生をアレク様に頂いたのですから」

王国を腐敗から立て直すための粛清《しゅくせい》部隊のボスとして気が抜けない中におり、家庭を持つことを禁じられていたセバンだが、今はそんな生き方をしなくてもよい。

「それはいいわね。セバンならきっと引く手あまたよ。セバンはどんな人が好みなのかしら？」

「そうですね……今まで女性とあまり関わりがありませんでしたから、多くは望みません。家庭を大事にしてくれて、子供と私を愛してくれる方ならどんな方でも構いません」

ヨゼフとカリーネとアレクは、見た目も性格もいいセバンならば、そのような女性はいっぱいいるだろうと思う。

「それなら、お見合いとかいいかもしれないわね。セバン以外にも結婚をしたい人を集めてお見合いをするのよ。ふふふ、楽しみになってきたわ」

カリーネはそんなことを口走る。

「カリーネ、セバンの意見もちゃんと聞くのじゃぞ」

なぜかノリノリの二人を見て、セバンとアレクは大変なことになりそうだと顔を見合わせるのであった。

無事に宿に到着し、翌日。

宿を出て歩きながら、アレクは昨夜のことで文句を口にする。

「お母さん、昨日は寝苦しかったよ。まさか、お父さんとお母さんに抱きつかれて寝ることになるとは思わなかった」

セバンが一人部屋でヴェルトロ一家は同じ大部屋に泊まったのだが、ヨゼフとカリーネはアレクを真ん中に挟んで、彼を抱き枕にしていたのである。

「だって、アレクちゃんが可愛いから仕方ないじゃない。お母さんのこと嫌いなの？」

カリーネはわざと悲しそうな表情を浮かべながら言う。

「お母さんのことは嫌いじゃないよ。でも、可愛い子ぶるお母さんは嫌いだな。普段のお母さんが好きだよ」

「うっ……そんな笑顔で言われたら私が悪いみたいじゃないのよ。はぁ～お母さんが悪かったわ。アレクちゃん、ごめんなさい」

カリーネは素直に謝る。

「いいよ。その代わり、今日はセバンも含めていっぱい楽しもうね」

アレクは王都見物の話に話題を変える。今日は馬車を使わずにのんびり王都見物をする予定だ。

色々な屋台やお店が気になって仕方ない。

それから、色々見て歩いていると人だかりができている場所を通りかかった。疑問に思ったアレクは立ち止まる。

「ねぇ、あの人だかりは？」

「なにかしらね？」

「なんでしょうか？　危険はなさそうですが」

セバンは護衛として危険がないか、〈気配察知《けはいさっち》〉というスキルを常に使いながら周囲を警戒していた。

背伸びをして観察を終えたセバンが正解を伝える。

「あれは腕相撲《うでずもう》大会ですね。王者は《身体強化《フィジカルエンハンス》》を腕に集中させて一気に爆発させる技術を使っています。アレク様、肩車をしますので見てください」

《身体強化《フィジカルエンハンス》》とは魔法の一種で、自身の肉体を一時的に強化することができる。

肩車をされたアレクが見てみるも、感知スキルがないアレクには全く分からなかった。

魔法は訓練により習得できるものがほとんどだが、スキルは生まれ持った才能のようなもので、後天的に獲得《かくとく》することは難しい。

ちなみに、セバンは〈魔力感知《まりょくかんち》〉というスキルで魔力の流れを感知しているから分かるのである。

「見ただけだと分からないな。でも、腕だけに集中させる技術……魔力操作に長《た》けているんだろうね」

アレクがそう言うと、セバンとカリーネが反応した。

「アレク様、挑戦されたらどうですか？　修業の成果を見せる時ですよ」

「アレクちゃんが勝つところを見たいわ」

そこまで言われたらやってみたくなる。アレクはすぐに『腕力強化薬《わんりょくきょうかやく》』と『瞬発力強化薬《しゅんぱつりょくきょうかやく》』を服用する。

ちょうどよく進行役が「挑戦者はいないかー？」と言っている。

「すみません。挑戦したいのですがどうすればいいでしょう？」

セバンが進行役の男に話しかける。

「お！　兄ちゃんやるかい？　金貨一枚を払って、もし勝つことができたら今日の勝ち分を総取りだ！」

テーブルに載《の》っている箱の中には、結構な枚数の金貨が入っていた。

「挑戦するのはこちらのアレク様です。では金貨一枚払いますね」

周りからは「あんな小さい子が勝てるわけねぇだろ」とか「無駄な金を払うなら俺にくれ」などあまりいい声はない。ただ、何人かの女性からセバンとアレクに、「カッコいい」とか「可愛い」という声が上がった。

「まさか、この坊主が挑戦者かい？　まぁ、金は払ってもらったんだ。構わないよ。じゃあ坊主、ルールを説明するぜ。ここに座って手を握り、三、二、一、始め！の合図で開始するんだ」

粗雑《そざつ》そうな進行役は意外にも、しっかりと説明をしてくれる。

だがもっと意外なことを目の前にいる王者の男が言ってきた。

「君、かなり強いね。流石《さすが》にこんな小さい子に負けるわけにはいかないから、本気を出すね」

瞬時に実力を見抜かれ、やっぱり、王者はただの力自慢じゃないなとアレクは思った。

「はい！　本気で来てください。俺も本気でいきますから」

アレクは『武功《ぶこう》』と《身体強化《フィジカルエンハンス》》を使って、さらに力を向上させる。

武功とは、体中に『気』を巡らせて肉体を強化する技で、アレクは薬を飲むことによってこれを習得していた。

そして手を握り合い、進行役の合図を待つ。

「ではお互い力を抜いて……三、二、一……始め！」

進行役の合図でお互いが力を入れるが、一向にその位置から動かない。

初めは子供相手だから力を抜いているのかと思っていた観客からも、次第に疑問の声が湧《わ》いてくる。

「ぐっ……やっぱり強いね。でも、負けるわけにはいかないから、これを使わせてもらうよ」

相手の力が急に強くなり、アレクの手がテーブルに付きそうになる。アレクも《身体強化《フィジカルエンハンス》》を腕に集中させてなんとか耐える。

「ぐぬぬぬ……」

アレクから耐える声が漏れる。

周りからは「頑張れ」とか「負けるな」などの声援が上がり、カリーネも「アレクちゃ～ん、頑張って」と叫んだ。

だが、勝負は呆気ない幕切れを迎えた。

二人のあまりの力に、テーブルが耐えきれず割れてしまったのだ。

「うわぁっ」

「うぉっ」

アレクと王者の男は思わず驚いた声を出す。

そして二人は倒れ込む。しかしその際も、お互いの手はしっかりと握られたままだった。

どちらが勝ったのか？　観衆が集まり二人を見ると、王者の男の手が上にあり、アレクの手が下にあった。進行役が叫ぶ。

「この白熱した戦いを制した勝者は、なんとなんとルーヘンだあぁぁぁ！」

周りからは割れんばかりの拍手と声援が聞こえる。二人は倒れたままお互いの健闘《けんとう》を称《たた》える。

「君、強すぎるよ。《身体強化《フィジカルエンハンス》》だけじゃなくて、他にも何か使っていたよね？」

進行役にルーヘンと呼ばれた男がそうアレクに話しかける。

「それを言うならあなたこそ強すぎますよ。そちらも《身体強化《フィジカルエンハンス》》以外のスキルか魔法を使いましたよね？　お互い様です。あぁ～疲れた」

アレクは思わずその場で大の字になる。まだ王都見物を始めて数分で、アレクは疲れ果てるのであった。

そのあと腕相撲大会はテーブルが壊れたためにお開きとなった。

アレクはせっかくだからと、ルーヘンと呼ばれていた男と話すことにした。

「俺は王都第三騎士団の団長、ルーヘンだ。今は謹慎《きんしん》中なんだけどね。でね、君にはぜひ王国騎士団に入ってほしいんだよ。君は見たところ十歳ぐらいだと思うけど、十五歳になったら推薦《すいせん》してあげるからおいでよ」

(騎士団長が謹慎中……？　何をやらかしたんだ？　それに、いきなり騎士団に推薦とは……どういうことだろうか？)

アレクはそう疑問を感じ、ルーヘンに対し自己紹介しつつ尋ねる。

「俺はアレクと言います。なぜ団長なのに謹慎中なんですか？　それに、騎士団に推薦なんていきなりすぎますよ」

「訓練をサボって金儲けをしていたら、それが見つかって謹慎になったんだよ。推薦は君の力が異様だからさ。十五になった時には今以上に力を付けているだろうし、ぜひその力を国のために使ってほしいと思ってね」

(今も腕相撲で金儲けしているじゃないか……！)

アレクは心の中でそう叫んだ。

「えっと……お言葉はありがたいのですが、自分にはやりたいことがあるので騎士団には入れません。ごめんなさい」

アレクはノックス達と冒険がしたいとの思いから、推薦を断る。

「そっか……それなら仕方ないね。でも、気が変わったらいつでも訪ねてきてよ。推薦してあげるから」

ルーヘンに諦める気がないことを察したアレクはため息を吐《つ》く。

「あの、俺は冒険者になりたいので、騎士団は諦めてくださいね。では母上を待たせているので失礼します」

「ちょ、ちょっと……」

これ以上関わると面倒そうなので、カリーネとセバンのもとへ行くアレク。ルーヘンは止めようとしたが、アレクはそのまま去ったのだった。

「アレクちゃん、あの人と何を話していたの？」

カリーネが気になったようで尋ねてくる。

「なんでも、王国の騎士団団長らしいんだけど、謹慎中なんだって。それと、十五歳になったら騎士団に入らないかって誘われたよ。まぁ、やりたいことがあるから断ったけどね」

「騎士団団長で謹慎……しかもその最中に腕相撲って、変わった人なのね。それよりも、騎士団に推薦って凄いじゃない！　流石、アレクちゃんだわ」

騎士団団長のことよりも、自慢の息子が騎士団に推薦されたことを喜ぶカリーネ。

「喜ばしいことですね。アレク様がどんなことであれ認められるというのは」

セバンも嬉しそうに話している。それからも二人はアレクの自慢話に花を咲かせた。

その後、雑貨屋や市場や屋台を回ったのだがめぼしい物はなく、アレクはせっかくのお小遣いも全く使わないままだった。


「武器屋を一度見てみたいんだけど、いいところはないかな？」

ある程度王都を見回ったアレクはカリーネとセバンにそう聞いてみる。

アレクは一度も武器屋に行ったことがなく、王都なら凄い武器屋があるのではないかと思っていた。

「私も普段行かないから行ってみたいわ。でも、どこにあるかは分からないわね……」

どうやらカリーネも興味があるようだ。するとセバンが提案をしてくる。

「数十年前に通っていたお店をご案内いたしましょうか？　かなり腕のいい鍛冶師《かじ》がいますよ。もし潰れていなければ、ですが……」

「セバン、そこに案内してよ」

アレクはセバンの手を握りながらキラキラした目で訴える。

「昔の話ですから、あまり期待しないでくださいね。大変興味があるのは分かりましたから、行きましょう」

セバンに付いていくと、段々大通りから外れて、寂れた家が並ぶ裏路地のようなところに着いた。

そして少し歩くとセバンが止まり「ここです」と一軒の店を指さした。

そこの外観は綺麗とは言いがたく、看板すら出していない店だった。

セバンはなんの躊躇《ちゅうちょ》もなくお店に入り、声をかける。

「おやっさん、いますか？　お久しぶりです」

セバンが呼ぶも返事はなく、店員は姿すら現さない。

「おやっさん、いるのは分かっている！　さっさと出てこい！」

セバンはアレク達の前では普段言わないような粗暴《そぼう》な言い方をする。

それに呼応して奥から返事が聞こえ、髭《ひげ》もじゃの小さいお爺さんが姿を現す。

「なんじゃ？　うっさいのぅ……って……セバンか？　ちょっと待て！　確か六十歳くらいじゃろ？　なぜ若返っとるんじゃ？」

お爺さんをよく見たアレクは彼が前世の漫画やアニメで見たドワーフだと分かって、ファンタジーな展開に興奮する。

「ある商人から若返りの薬を手に入れて若返ったんだ。おやっさんは相変わらずおやっさんだな」

「おいおい！　なんちゅうとんでもないことになっとるんじゃ。ワシはドワーフじゃからそんな数十年じゃあ変わらんわい。んで、今日はなんの用じゃ？」

アレクはセバンとドワーフのやり取りを見て、二人は仲がいいのだろうと思った。

「今お仕えしているヴェルトロ子爵家の奥様のカリーネ様と、ご子息のアレク様が武器屋に行きたいと言ったから連れてきたんだ。アレク様に合う短剣があれば見せてくれないか？」

そうセバンが伝えると、おやっさんはアレクを品定めするように見る。

「この坊主の短剣か……普通の短剣じゃだめじゃな。ちょっと待っとれ」

そう言うと店の奥に行き、店頭に並ぶ短剣とは明らかに違う、光沢感のある刃が特徴の短剣を持ってきた。

「坊主、ちょっと握って軽く振ってみるんじゃ」

アレクは言われた通りに振る。思ったより軽く、凄くしっくりくる短剣に驚く。

「どうじゃ？」

「凄いです。軽くて使いやすそうなのもありますが、まるで昔から使っているような感覚で凄く手に馴染《なじ》みます」

おやっさんはうむうむと満足そうに頷いたあと、口を開く。

「そいつはミスリルとオリハルコンという希少な鉱石を混ぜた短剣じゃ。まだ何も付与されていないが、例えば簡単には折れんように魔法を付与したら、より面白い武器になるぞい。見た感じ魔法が得意そうじゃから、付与を覚えてみるのも一興じゃろう」

アレクは異世界モノあるあるのミスリルとオリハルコンという言葉に興奮する。

そして同時に、おやっさんがアレクは魔法が得意だと見抜いたことに困惑した。

「えっ？　なぜ俺が魔法が得意だと知っているのですか？」

「長年鍛冶をやっとると、武器を買いに来た奴の顔を見れば、そいつが武器を大切にするかしないか、どんな戦い方をするのか——近接戦闘と遠距離戦闘どちらが得意なのかなど、大体分かってくるんじゃよ。まあ、そいつはある程度無茶な使い方をしても問題はないぞい。その代わり、刃こぼれしたり切れ味が悪くなったりしたら、絶対ワシに見せるんじゃ。分かったのぅ？」

「アレクちゃん、買っちゃいなさい。それでおいくらかしら？」

「そうじゃな。本来は金貨四十枚じゃが金貨三十枚でええわい。セバンには昔世話になったからのぅ」

（なんだか、もう買う感じの流れになっているな……）

アレクが困惑するうちに、カリーネが金貨三十枚をすぐに出して渡す。

日本円にして三十万円の価値があるそれを躊躇《ためら》いなく出す彼女に、アレクは驚いてしまう。

「確かに、金貨三十枚じゃな。うむ。坊主、ここを発《た》つ日にもう一回寄ってくれんか？　いったん短剣を預からせてもらえるなら、短剣の微調整と、収納するベルトの調整をしといてやるわい」

ドワーフのおやっさんはアレクを見て、まだ調整が必要だと思ったのか、その職人気質から調整を申し出る。

アレクは素直に従う。

「はい！　分かりました。何から何までありがとうございます」

「おやっさん、ありがとう。また後日寄らせてもらうぞ」

「おうよ！　久々にセバンの顔が見られてよかったわい」

そう言って、三人は店をあとにする。カリーネがアレクに「よかったわね」と言い、アレクは「買ってくれてありがとう」と言うのであった。

◆◇◆

次の日、アレク達は馬車に乗って晩餐会が開かれる王城へと向かっていた。

王城へ近付くにつれて、凄い数の馬車が集まっているのが見えてきた。

「父上、とうとうこの日がきましたね。やっと、今日で因縁《いんねん》を断ち切ることができます」

緊張した面持ちでアレクが言う。過度の緊張からか、敬語を使ってしまう。

というのもアレクはこの晩餐会でバーナード伯爵家に復讐を果たそうと考えているのだ。

「深呼吸しなさい。そんな張り詰めておると、うまくいくものもうまくいかなくなるぞい」

ヨゼフにそう言われ、そんな張り詰めた顔をしていたかと思ったアレクは「す～は～す～は～」と深呼吸をする。

ヨゼフとカリーネとセバンは普段と変わらない様子で、アレクは自分はまだまだ駄目《だめ》だなと痛感してしまう。

カリーネとセバンは、アレクの緊張をほぐそうと励《はげ》ましの言葉をかける。

「大丈夫よ。悪は最終的に正義に負ける運命なの。だから、アレクちゃんはドンと構えてなさい」

「アレク様、私が付いております。どんな無礼者も即座に排除いたしますので、気を楽にしていてください」

「ありがとうございます。大分落ち着きました。どんなことがあっても、家族やセバンがいてくれると思って晩餐会に挑《いど》みます」

それを聞いた三人は笑顔でアレクを見る。真横にいたカリーネがアレクをギュッと抱きしめた。

抱きしめられたアレクは恥ずかしさから頬《ほほ》を染《そ》める。

そうこうしていると馬車が止まった。外を見ると、兵士らしき人達が前の馬車の確認をしている。

しばらくして、アレク達の番になった。

「失礼いたします。入城にあたり貴族証の確認をしております。申し訳ございませんがご提示をお願いいたします」

兵士によると、犯罪者が紛《まぎ》れている可能性があるため、このような検問をしているとのことだった。

ヨゼフは何も迷うことなく貴族証——国王から発行される貴族の身分を証明する証《あかし》——を兵士に渡す。兵士は紙の束をめくり貴族証と照らし合わせる。

そうして目的のページを見つけた兵士は目を丸くして、紙の束とヨゼフの顔を何度も交互に見た。

「えっ⁉　あ、あの、つかぬことをお聞きいたしますが、ご子息様ではなく、ご本人様でしょうか？　ここに記載《きさい》されている情報とヴェルトロ子爵様のご年齢が合わず……」

やはり止められたかと思う一同であったが、ヨゼフは懐《ふところ》から一枚の封書を取り出して兵士に渡す。

「すまぬがこれを読んでくれんかのう？」

封書を渡された兵士はすぐにそれを開き、中身を見て青ざめていく。

「た、大変失礼いたしました。お通りいただいて結構でございます」

青ざめるほどの内容が書かれていたのかと、気になったアレクはヨゼフに尋ねる。

「父上、何をお渡しになられたのですか？」

「若返った旨《むね》を陛下に伝えたら書状が届いてのう。もし、検問などで止められるようなら封書の中身を見せろと書いてあったのじゃよ。王印が捺《お》されておる文章に焦ったのじゃろうな」

アレクは王様は仕事が早い人だなと感心する。

「あの兵士の方には少し悪いことをしてしまいましたね。顔が青ざめていましたよ」

「確かにのぅ、アレク。じゃがそれも王城に勤める兵士の仕事のうちじゃわい」

そのあとすぐに馬車は止まり、御者の人が馬車の扉を開けてくれる。

ヴェルトロ一家とセバンは馬車から降りて城の中に入っていく。そうすると、使用人が数名いて、「こちらです」と案内をしてくれる。

会場に着くとすでに大勢の貴族やご子息やご令嬢《れいじょう》がいて、派閥《はばつ》に分かれて話していた。

ヴェルトロ一家とセバンが会場に入ると、ヨゼフとセバンの容姿の良さとカリーネの可愛らしさが一際目立ち、会場にいたほとんどの貴族が一行に注目をする。

「父上と母上とセバンが大注目を浴びていますね。これで、若返りの真実を知られたら、さらに大変なことになりそうですよ」

アレクは気付いていなかった。彼自身も、容姿がよく同年代くらいの令嬢から熱い視線を送られていることに。

「ワシはこういうことに慣れんから鬱陶《うっとう》しいのぅ。家族だけでいるのが一番じゃ。アレクは友達が欲しければ話に行ってもよいぞ」

「私はあなたの側にいますね。あのような目で見られるのは昔から嫌いなのよ」

「俺もここにいますよ。友達は今のところ必要ありませんから」

ヴェルトロ一家は、貴族同士の交友に一切の興味がないのだ。

晩餐会は貴族にとっては他の貴族とのつながりを作る場であり、ヴェルトロ家のような振る舞いは周りからすると異質だが、彼らは一切気にしていない。

しかし、好むと好まざるとにかかわらず、話しかけてくる人がいるのが晩餐会という場である。

ヨゼフを見て近付いてきた男が、アレク達の前で止まり口を開いた。

「急に声をかけて申し訳ない。私はジャック・フォン・マルティルと申す。貴殿の名前を伺《うかが》ってもよろしいかな？」

「マルティル、久しぶりじゃな。ワシはヨゼフじゃよ。この顔じゃ分からんでも仕方ないのぅ」

それを聞いたマルティルは驚きの表情を浮かべる。

「なんだって⁉　……実は見たこともない貴族だったから誰かと思って〈鑑定〉したら、ヨゼフの名前が出てきて、声をかけたんだ。……まさか本当にお前だったとは……どうして若返っているんだ？」

「うちの領に行商人が来て、妻の病気を治す薬と若返りの薬があると言われたのじゃ。半信半疑《はんしんはんぎ》じゃったがカリーネもワシも老い先短い身じゃったから、何も躊躇《ちゅうちょ》もなく飲んだら、本当に効果があったのじゃよ。そうじゃ、アレク。ワシの友人じゃ。カリーネも挨拶しなさい」

ヨゼフは事前に決めていた嘘のシナリオを話し、アレク達にそう促した。

「マルティル様、ご無沙汰《ぶさた》しております。カリーネです」

「はじめまして。私はアレク・フォン・ヴェルトロと申します」

それぞれが挨拶をするとマルティルはまた驚く。

「若返ったことにも驚きだが、カリーネはすっかり元気になっているな。それに息子もできたのか？」

「養子じゃよ。ワシ達の大事な息子じゃ」

「なるほど、それは嬉しいニュースだな。おめでとう、ヨゼフ」

そのようなやり取りをしていると、国王が会場の端にある螺旋《らせん》階段から下りてきた。

「おっ！　陛下が来たか。じゃあ、そろそろ私はあちらに行くとするよ。またあとで語ろうヨゼフ」

国王が来たのでマルティルはそう言い残して去っていく。

螺旋階段から、国王に続いて王妃と王子二人がゆっくり下りてくる。

さらに、王子四人と王女四人が今度は螺旋階段ではなく、会場の端にある扉から姿を現した。

王族達が席に座ると、国王だけが立ち上がり話し始める。

貴族達は酒の入ったグラスを持ち国王を見る。

「皆の者、余の呼びかけにこうやって集まってくれたことを感謝する。余は長い挨拶は苦手である。これだけは伝えておこう。王国が繁栄したのはお前達のおかげだ。さぁ、今宵《こよい》は満足行くまで用意した食事を味わってくれ。乾杯！」

会場にいる全員が一斉に「乾杯」と声を上げる。

皆が騒ぎ始め賑やかなムードになっている中、セバンが小声でヨゼフ達に話しかける。

「このままの姿勢で聞いてください。バーナード伯爵家がこちらを睨《にら》みつけております。場所は王族と敵対する貴族の派閥が集まっているところです。とはいえ、あまりそちらを見ないようにお願いいたします。何か仕掛けてくる可能性がありますので、私から離れないでください」

アレクがバーナード伯爵家の方にバレないようにちらりと視線をやると、彼らは憎しみのこもった凄い眼光で睨みつけていた。

セバンからあまり見ないように言われているので、アレク達は気付いていない素振《そぶ》りをする。

「アレク、セバンから離れんようにのぅ」

小声でそう言うヨゼフに対し、アレクもまた小声で返事をした。

「はい！　分かりました。離れません！　……早速だけどセバン、せっかくだし料理を食べよう？」

「かしこまりました、アレク様」

そうしてアレクとセバンはテーブルに並んでいる料理を自分の皿に取り分けて、舌鼓《したつづみ》を打つのだった。


「セバン、この肉、やわらかくておいしいよ。食べてみて」

アレクはヨゼフやカリーネから離れたところにあるテーブルに並べられていた肉を一切れフォークに刺して、セバンにあ～んをして食べさせる。

それを見ていた令嬢達が「キャ～」という声を上げる。イケメンと可愛い少年という構図に妄想《もうそう》をフル回転させているのだ。

「本当においしいですね。多分ですがミノタウロスのいい部分を使っていると思いますよ。昔食べたことがあります」

実は粛清部隊のボスをしていた頃のセバンの趣味は美食であった。

「これがミノタウロスの味なんだね。二足歩行で筋肉質の牛だから、もっと固い肉だと思ってたよ」

「そんなことはありませんよ。上位種や個体自体が強い魔物のお肉は魔力がたくさん含まれていて、おいしく感じるんです。ドラゴンなどは意識を失うほどのおいしさです。いつか、アレク様がお強くなられたら、私に振る舞っていただけると嬉しいですね」

それを聞いたアレクはより一層、冒険者をやりたいと思った。

「いつか狩ってきて、セバンのお腹がはち切れるくらい食べさせてあげるよ！」

そんな風にセバンと料理や食材の話で盛り上がっていると、一人の令嬢が話しかけてきた。

「あなた、可愛い顔していますわね。私と付き合うことを許して差し上げますわ！」

いきなり来たと思えば上から目線の物言いに、アレクもセバンもなんだこいつはと思う。

見た目は金髪縦ロールで、アレクは前世で見たザ・異世界お嬢様だと感じる。金魚の糞《ふん》のような取り巻きもしっかり付いている。

「あの～そういうのは間に合っていますので、お引き取りください。セバン、次はデザートを食べよう」

アレクは面倒なことを起こしたくないため、丁重に頭を下げ、すぐに食事に戻る。

まさかの返事に目が点になるお嬢様。

その直後、相手にされていないことに気付き、歯ぎしりをして悔しがる。

それを見ていた金魚の糞一号が、まくしたてるように話し出した。

「あなた、この方が誰だか分かって口をきいているのかしら？　この方はキンベル侯爵《こうしゃく》家のキャロル・フォン・キンベル様よ」

（キャロットだかキャベツだか知らないけど正直鬱陶しいな……）

そう思ったアレクは、あえてはっきりとあしらおうと口を開く。

「なにぶんこういう集まりは初めてなもので、お名前を存じ上げておりませんでした。それに、今はキャロル様よりも料理に集中したいと思っていまして……申し訳ございませんが、お引き取り願えませんでしょうか？」

ありえないほどハッキリと言うアレクに、周りにいた令嬢も目が点になる。何人かの令嬢と子息は笑いをこらえるのに必死そうだ。

「ムキーッ！　わたくしにこんな恥をかかせたこと、絶対に許しませんわ。お父様に言い付けてやります！」

「勝手にしてください。普通の方ならお話ししたいのですが、初対面の相手に高圧的に話すような方とは相容《あいい》れませんので」

アレクはそう言うとセバンとともにヨゼフとカリーネがいる方に歩き出す。

キャロルは地団駄《じだんだ》を踏み悔しがっている。

そんな彼女を尻目に、アレクは小声でセバンに話しかける。

「セバン、また父上に迷惑をかけてしまいそうだよ」

「フフッ、確かに上位貴族相手には悪手でしたが、私もあのような感じの方は嫌いなのでスカッとしましたよ。もしアレク様の身に何かあれば、私がご挨拶してきます」

サラッと恐ろしいことを言うセバンに、アレクは本心から言っているのだろうなと思うのであった。


一方その頃、バーナード伯爵家はというと……

「あいつが養子になったのはヴェルトロ子爵家ではないのか？　あの若い貴族は誰なんだ？」

当主のディラン伯爵はヨゼフ達が若返ったとは思わずパニックになっていた。

そんなことはどうでもいいとばかりに、ディランの妻アミーヤとその息子ヨウスは二人で話している。

「ヨウス、そろそろ決闘《けっとう》を申し込みなさい。そして、ズタボロにして殺してやるのですわ」

「はい！　母上。必ずやあの忌々《いまいま》しい奴を殺してやります」

何かに取り憑《つ》かれたように、アレクを殺すことしか考えていない二人。目つきもおかしくなっている。

アレクとセバンがヨゼフ達のもとに向かうのを見て、ヨウスとアミーヤが行く手を阻《はば》む。

そしてヨウスが口から泡を飛ばしながら叫んだ。

「薄汚い妾の子の分際で、よくもこの場に来られたな。俺がここで貴様の人生を終わらせてやる。さっさと俺と決闘をしろ！」

まさか、本当に王の御前《ごぜん》でこんなことを口走るとは思ってもいなかったアレクは呆気《あっけ》に取られる。

それにヨウスは目が血走っており、正気とは思えない。

声を荒らげて言うヨウスに会場の全員が注目している。それを分かっているアレクは悪いのはヨウスだと認識してもらうために、礼儀正しく返した。

「ヨウス様、私はヴェルトロ子爵家の子息になりました。もうバーナード伯爵家の妾の子ではありません。それに、王の御前で決闘などあってはならないことだと思うのですが……」

「うるさい！　お前は俺と決闘をしてズタボロになればいいんだ！」

周りが見えていないヨウスに何を言っても聞き入れてもらえないと思ったアレクは、ある人物に尋ねる。

「陛下、私はアレク・フォン・ヴェルトロと申します。発言の許可をいただけますでしょうか？」

アレクは国王に向って片膝を突いて家臣の礼を取り、発言の許可を求める。

「発言を許す」

国王も茶番に付き合い始める。

国王は事前に、このようなことが起きそうだと家臣に伝えていたため、アレクに対して非難の声はない。しかし国王からしても、決闘にまでなるとは予想外であったが……

アレクが発言をしようとした時、ディランが割って入る。

「へ、陛下、お待ちください。これは何かの誤解です。すぐに息子を連れ出しますので、この場を私に任せていただけませんでしょうか？」

ディランはヨウスのありえない行動に慌てふためきながらそう言う。

「バーナード伯爵、余はお前の発言を許した覚えはない。今はアレクの発言を待っているところだ。黙っておれ！　いいな？」

国王は立ち上がってバーナードを叱責《しっせき》する。

「ハッ！　申し訳ございません」

ディランは頭を下げる。

「アレクよ、待たせた。発言してみよ」

内心大笑いをしている国王だが、顔には出さずにこの茶番を楽しんでいた。

「ハッ！　発言の許可をありがとうございます。まずは王の御前で騒ぎを起こしたこと、お詫び申し上げます。もし、許されるのであれば、決闘の許可をいただけないでしょうか？　どのような言葉を伝えたとしても、ヨウス様は聞く耳を持たないご様子でして……」

周りは黙って見守っているが、完全にアレクが正しく、大変なことに巻き込まれて可哀想《かわいそう》だと感じていた。

「うむ！　決闘を許可する。アレクとヨウス、勝った場合、何を望む？」

貴族同士の決闘では、誓約《せいやく》の上でお互いが何かを賭けて戦い、結果に応じてその誓約を忠実に履《り》行《こう》せねばならない。

だがアレクには別に欲しい物が何もない。それに対して、ヨウスはすぐに答える。

「私はこいつの死を望みます」

その発言で、アレクのみならず周りにいた人達全員が、ヨウスはまともではないと再確認した。

「陛下、では私はバーナード伯爵家の全財産をヴェルトロ子爵家に譲渡することを願います」

欲しい物がないアレクは、ヴェルトロ子爵家が治めるストレンの町の発展のためにお金を望んだのだ。

それを聞いたディランは、何を言っているのだという顔をする。

お互いが賭ける物を発表したところで、国王が口を開いた。

「本来、子息や令嬢が親の財産を賭けて決闘をすることは認められんが、今回ヨウスは相手の死を望んだ。それに釣り合う賭け金となると、一家の財産がよかろう。特別に認め、アレクが勝った際の報酬としよう」

「なっ！　へ、陛下お待ちください。子供同士の決闘で全財産など……」

ディランはもしもの時を考えて異常なほどの焦りを見せる。

「バーナード伯爵、お前の子が初めに言い出したことだ。本来であれば、このような場で決闘を申し込むなどあってはならん。決闘に応じないのであれば、騒ぎを起こしたお前達の息子は牢《ろう》行きとなるがよいか？」

「……いえ！　全財産を賭けさせていただきます」

やはり、ディランはヨウスのことは見捨てられず、渋々《しぶしぶ》全財産を賭けた。ディランは恨みがこもった目でアレクを睨みつける。

「決闘は演習場で行う。気になる者は移動するといい。興味のない者は引き続き食事を楽しんでくれ」

その後、アレクやヨウスに続いて何人かが演習場に移動する中、ディランがヨウスを怒鳴りつけている声が会場に響いた。その場にいた全員が、親子揃って場を弁《わきま》えろとげんなりする。

「アレク様、絶対に負けることはございませんが、油断しないように心がけてください」

「アレクよ、思う存分やるのじゃぞ。情けは不要じゃ。殺さなければ何をしても構わん」

「アレクちゃん、怪我《けが》だけはしちゃ駄目よ。もし、怪我をしたらお母さんとずっと添い寝よ。フフッ」

セバン、ヨゼフ、カリーネにそう言われ、アレクは無言で微笑みを返す。バーナード一家と対照的に、どこか和やかなムードすら漂うヴェルトロ一家。

アレクは珍しく過激な発言をするヨゼフに、ヨウスの傍若無人《ぼうじゃくぶじん》な態度に思うことがあるのだろうと思う。カリーネはいつもと変わらずニコニコしている。

「はい！　必ず勝利を収めてまいります。それから、決闘を申し込んだことを後悔させてやりますよ」

アレクは今度は不敵な笑みを浮かべながら話す。

それから、この日のために用意した薬を服用するなどして、準備を整えるのであった。

◆　◇　◆

三十分後、演習場のど真ん中で見つめ合うアレクとヨウスの二人。

一方は平然とした顔をしている。もう一方は今にも襲いかかりそうな顔と勢いだ。

魔法師数名が急遽《きゅうきょ》呼ばれて、ドーム状に防御結界を張っていく。観客に被害が出ないようにするためだ。

そして、腕相撲王者……いや第三騎士団団長のルーヘンが審判を務めることとなった。謹慎中で騎士団長の中で唯一、暇だったからだ。

「アレクくんは本当におもしろいよ。急に呼ばれたから、何かと思えば決闘しているんだもん。これで君の強さがみんなに知られるだろうし、騎士団入りに近付いたね」

ルーヘンがアレクに話しかける。しかも、アレクの勝ちも同然とも取れる言葉に、ヨウスの怒りのオーラがますます増幅する。

「ルーヘンさん、今話しかけないでください。後々、不正を疑われるかもしれません。さっさと合図を出して始めてください」

審判に賄賂《わいろ》を渡していたといった難癖《なんくせ》を付けられたくないアレクは、早く始めるようにルーヘンに言う。

「おい！　喋《しゃべ》っていないで早く始めろ！」

ヨウスはもう耐えきれない様子だ。

「あはは！　分かった分かった。二人とも準備は良さそうだね。では始め！」

始めの合図と同時に、ヨウスは詠唱《えいしょう》を始めて先制攻撃をしてくる。

「爆炎轟《ばくえんとどろ》く炎の槍よ、我の問いに答え、敵を貫け！　《轟炎槍《グレイトフレイムランス》》」

これは炎の渦《うず》と炎の槍が融合《ゆうごう》した魔法である。詠唱ありだとはいえ、十三歳の少年が上位属性の炎魔法の中級魔法を放ったことに観客席にいる大人は驚いている。

そして、《轟炎槍《グレイトフレイムランス》》は無情にもアレクに直撃した。その直後轟音が鳴り、アレクがいた場所は炎に包まれる。

その様子を見て勝ちを確信したヨウスは我慢できないで笑い出す。

「ははは！　やったぞ！　ついについにあのクズを殺してやったぞ！　ふっはははは！」

しかし、すぐに炎の中から声がして、ヨウスは自分の耳を疑う。

「勝手に殺さないでもらえますか、ヨウス様。寒かったのでちょうどいい熱さでしたよ。もしかして、これで終わりですか？」

声の主は中級魔法を食らっても平然と炎の渦から歩いて出てくるアレクだ。

「なぜだ、なぜ、死んでない……！」

ヨウスがありえないと言わんばかりの顔をする。

アレクはヨウスを〈鑑定〉して、どの魔法を使ってくるかを事前に調べていたのだ。そして、決闘が始まる前に、『炎完全耐性薬《ほのおかんぜんたいせいやく》』と『攻撃力強化薬《こうげきりょくきょうかやく》』と『素早さ強化薬《すばやきょうかやく》』と『防御力強化薬《ぼうぎょりょくきょうかやく》』を飲んでいた。もちろんお腹はチャポチャポである。

「もうないなら、こちらから行きますけど、まだ何かありますか？」

初めから、アレクは全ての攻撃を受けて絶望を与えようとしていたのだ。薬というドーピングを惜しげもなく使うという手を使って。

「これで終わりなわけがないだろ！　クソが、見ていろよ！　爆炎よ、猛《たけ》る灼熱《しゃくねつ》の炎よ、我の問いに答え、全てを焼き尽くし、喰らいつくせ！　《爆裂炎《フレイムバースト》》！」

巨大な三つの炎の塊《かたまり》がアレクを襲い、当たった瞬間、結界が揺れるほどの大爆発が起きた。地面は一部融解《ゆうかい》してドロドロに溶けている。流石にヨウスもMPが少なくなり、息を切らしている。

「ハァハァハァ……これなら、死んだはず……」

この状況に観客からは悲鳴が上がる。

ディランは息子が何発も中級魔法を使えるとは知らなかったため驚き、アミーヤに至っては大喜びだ。

「うわぁ。服がボロボロだよ。こんな魔法まで使えたんだね。でも、もう終わりみたいだし、そろそろ俺の番かな」

大爆発が起きたにもかかわらず無傷のアレクが余裕そうにそう言う。服が焼け、上半身裸の短パン一丁の状態になっているが、体に傷は付いていない。それから、敬語を使うのも面倒になり、砕けた物言いをしている。

「ちくしょー！　なんで生きているんだ！」

ゆっくり近付くアレクに暴言を吐きながら、ヨウスは残り少ないＭＰで何度も《炎弾《フレイムバレット》》を放つ。だがアレクは当たっても怯《ひる》むことはない。

ヨウスのＭＰが切れて魔法を放てなくなった頃には、アレクはヨウスの目の前に到達していた。

「ちくしょー！　えっ……!?　ギャアアアア！」

アレクは武功と《身体強化《フィジカルエンハンス》》を使って思いっきりヨウスの脚を蹴る。見事に右脚がありえない方向に曲がって折れた。

一瞬の出来事だったので、何が起きたか分からなかったヨウスだが、直後に襲いかかってきた痛みと、自分の脚を見て驚愕《きょうがく》する。

「お、俺の脚が……うわあああああ！」

「うるさいな。まだ終わりじゃないよ」

アレクはのた打ち回るヨウスの左足を思いっきり踏みつけて、またへし折る。

「ギャー、痛い痛い痛い！」

ヨウスは泣き叫び、喚《わめ》き散らす。ここでアレクはポーションの瓶を取り出して、無理矢理ヨウスの口に突っ込み飲ませる。その直後、ヨウスの足が元通りに治った。

「ヨウス、足は元通り治っているよ。立ってみなよ」

ヨウスはなぜ？　となるが痛みもなくなり足も治っているので、言われた通り起き上がる。

だが次の瞬間、また激しい痛みに襲われるのだ。

「ぐわああ！」

アレクはこれを、数回繰り返す。

すでに観客からは「もうやめてやれ」とか「審判、早く止めろ」という声が上がっているが、審判のルーヘンは止めるつもりはなかった。

なぜかというと、ヨウスはまだ降参をしていないし、アレクがすぐに薬で治すので再起不能にもなっていないからだ。

「もう飽きちゃったよ。そろそろ終わりにしようか。《竜巻《トルネード》》！　あ！　間違えて逸らしちゃった」

無詠唱で放たれた《竜巻《トルネード》》はヨウスの横を通過して、地面をえぐり、そのまま結界にぶつかりヒビを入れる。

ヨゼフとカリーネとセバン以外の観客は口をあんぐりと開けて固まってしまう。十歳が無詠唱で放てる魔法の威力を逸脱していたからだ。

「次はちゃんと当てよっと」

「アレクくん、待て。……失神による再起不能でアレクの勝利！」

あまりの威力に気を失ったヨウスを見た審判のルーヘンは、手を上げて構えようとしたアレクを慌てて止める。

アレクは初めから次を放つ気はなかったので、すぐに手を下ろして、観客に一礼する。だが観客は呆然としている。唯一、ヨゼフとカリーネとセバンが拍手をして讃《たた》えていた。

それを見たアレクは、思わずルーヘンに尋ねる。

「やりすぎましたかね？」

ルーヘンはやれやれといった顔をしながら答える。

「やりすぎだよ。それに、異常すぎるよ。やっぱり騎士団入り確定だねぇ」

やりすぎと言いながら、町で会った時と変わらず騎士団入りを勧めてくるルーヘン。

その後、すぐに結界が解かれて、ヨウスの回復をするため魔法師が近付く。

アレクがヨゼフ達の方に行こうと後ろを向いた時に、後ろから爆音が聞こえた。

アレクが振り向くと、鎧《よろい》を着た男が壁に埋まっていた。

何があったかというと、アミーヤがバーナード伯爵家の騎士団団長に、アレクを襲わせたのである。しかし、ルーヘンが素手で剣を受け止めて蹴りを入れ、吹き飛ばしたのだ。

「余の前で、神聖な決闘の場を汚《けが》しよって、ルーヘン、今すぐ誰が犯人か吐かせるのだ」

そうした狼藉《ろうぜき》を見て、とうとう、観戦していた国王が動き出した。

バーナード伯爵家はどんどんと追い込まれていく。

国王の指示で、ルーヘンは壁に埋まったバーナード伯爵家の騎士団団長を運び、経緯《けいい》を尋ねるために別室に連れて行く。

ヨウスも応急処置をされても意識が戻らなかったため、どこかへ運ばれていった。

ディランは息子の行動によって自分の立場が危ぶまれていること、決闘に負けて全財産を譲渡すること、アレクが意味不明な強さを持っていることが相まって、頭はパニックである。

アミーヤも最後にアレクを襲わせたことが露見《ろけん》するのではないかと慌てふためいていた。

「アナタ、これからどうしますの？」

「どうするもこうするもない！　どうせお前がヨウスを焚《た》きつけて決闘を申し込ませたんじゃないのか？　全てお前の責任だ！」

「何を言っていますの？　妾の子を殺すって言ったのに、なかなかアナタが行動しないからいけないのですわ。だから今回……」

「おい！　馬鹿、黙れ！」

ヒートアップしていたせいか、周りが見えておらず、アミーヤは簡単に全てを露見させてしまった。

その場にいる全員が二人の会話を聞いており、もう言い逃れできない。

「バーナード伯爵、これはどういうことかな？　余に分かるように説明せよ」

国王は分かっていながら、わざと尋ねる。

「い、いや……これはですね。言葉の綾《あや》と言いますか……なんと言いますか……」

しどろもどろになるディランに、国王は全てを話し始める。

「もうよい！　全ての悪事についてはもう分かっておるのだ。まずは暗殺者を雇《やと》いアレクを二度も殺害しようとした。しかも、王城の役人に賄賂を渡し、それが露見しないように裏で手を回していたようだな」

悪事をバラされて、ディランの顔が青ざめていく。

「それに、アレクを半監禁状態にし、暴言、暴力を屋敷全体で行っていたそうだな。メイドの一人が証言をしておる。暗殺者との契約書類など、証拠は全て押収した。今、騎士団が屋敷に突入し、使用人を捕まえているところであろう」

それを聞いたディランとアミーヤは頭を抱えて膝を突きうなだれる。

「バーナード伯爵家の処分は追って伝える。こやつらを牢に入れておけ。それから、モラッテリ男爵、デュフナー子爵、ボンゴレ伯爵、キンベル侯爵。バーナード伯爵とつるんでいたお前らの悪事もみな分かっておる。バーナード伯爵家同様、騎士団が屋敷を押さえておる頃だ。こやつらも牢に入れておけ」

アレクはキンベル侯爵の名前を耳にしてどこかで聞いたことがあるなと思う。

そして、会場で偉そうにしていたザ・お嬢様のキャロルのことを思い出した。

アレクが観客席を見渡すと、彼女は泣き喚いていた。

「残った皆の者よ、まずは余の謝罪を受け取ってくれ。このような騒ぎになり申し訳ない。それから、悪事を働いた者はしっかりと王国の法にて裁くので、安心してほしい。余はこれから忙しくなるので退席するが、お前達は残りの時間で晩餐会を楽しんでほしい」

そう言い残して、国王は兵士に守られながら去っていく。

残った貴族達は呆然と立ち尽くすほかなかった。アレクでさえ、この状況から晩餐会を楽しめるのか？　と疑問に思っている。

その状況で話し始めたのは宰相《さいしょう》のアントンだ。

「それでは皆様、会場に再度ご案内いたしますので、私についてきてください」

呆然としている人はいるが、立ち直った人が声をかけて移動している。夫人や令嬢などはアレクを見ると悲鳴を上げていた。

だがヨゼフ達は全く正反対の様子である。

「アレクちゃん、凄い戦いだったわ。炎に包まれた瞬間、もうお母さん、心臓が止まるかと思ったわ」

「よくやったのじゃ。見ていてスカッとしたわい。じゃがカリーネの言う通り、まともに中級魔法を食らうのは心臓に悪いわい。しかしアレクよ、よく勝ったのじゃ」

「素晴らしい勝利でしたよ。あの程度で悲鳴を上げる貴族達にイラッとしましたが、戦いを見ているに忘れさせてくれるくらいのいいものを見ました。ですが最後まで気を抜いてはいけませんよ。刺客《しかく》はいつも狙っていると思わないといけません。そこだけが反省点ですね」

カリーネは心臓を押さえながら訴えかけてくるがかなり喜んでいる。ヨゼフも、アレクの勝利を純粋に喜んでくれている。セバンは喜びながら、しっかりと次に活かすべきことを述べてくれた。

アレクは改めて家族の温かみを感じ、家族の大切さとやっと復讐を達成できた喜びで自然と嬉し涙が出てくる。

それを見たカリーネはアレクをそっと抱き寄せて、背中を優しく擦《さす》り始めた。

「アレクちゃん、よくやりました。お母さんはアレクちゃんを誇りに思うわ。でも、明日からは復讐なんかより普通の生活をしましょうね。やっぱり、笑顔で楽しそうなアレクちゃんを見るのが一番好きなのよ」

アレクは泣き止むことはなく、色々張り詰めた緊張からも解放されて、余計涙が溢れ出てくる。

アレクはカリーネに抱きついて温もりを肌で感じた。

「お母ざ～ん、大好き……お父さんもセバンも大好き……みんながいたから今日、思いを断ち切れたよ。本当にありがとうございます。お父さんとお母さんの子でよかった。幸せだよぉぉ」

感謝の言葉を伝えると、カリーネもヨゼフも涙を見せている。セバンに至っては大泣きしていた。

晩餐会の会場に貴族を案内し終えた宰相のアントンがアレク達を迎えに来たのだが、泣きじゃくる四人を見て邪魔をしないように隠れて待ちながら微笑ましい光景を眺めていた。

アレク達が泣き止むのを見て、アントンが話しかける。

「そろそろいいでしょうか？　なかなか入り辛い雰囲気《ふんいき》だったもので」

四人がハッとなって顔を赤くさせながらアントンを見る。

「これは恥ずかしいところを見られました……オーラル様、どうされたのですか？」

公式な場なので、ヨゼフは敬語を使い、アントンという名前ではなく名字のオーラルと呼ぶ。

「皆様が会場に行かれましたので、呼びに参りました。ですがアレク君の服をどうにかしましょうか？　流石に、それでは戻れませんからね。湯浴みの用意もしてありますので、アレク君はバトラーに付いていってください」

「アレク様、紹介に与《あずか》りました執事のバトラーと申します。では湯浴みから参りましょう」

そう言ってアントンの陰から、四十代から五十代くらいの執事が現れた。

「バトラーさん、セバンが護衛に付いてくれているのですが、一緒に付いてきてもらっても大丈夫ですか？」

「構いません。現状何が起こるか分かりませんからね」

笑顔で答えるバトラーにアレクは安心する。だがセバンが二人に護衛してもらえるというアレクの思いに反した答えを返す。

「バトラー様、あなたにアレク様をお任せしても構いませんか？　私はヨゼフ様達の護衛に付きたいと思っております」

　バトラーは深く頷いてから答えた。

「はい。お任せください。片時も離れませんし、もし不審な者がいましたら即座に排除いたしましょう。それからセバン様、あとでお話はできますでしょうか？」

「私も話したいと思っていましたので、ヨゼフ様に許可を頂いておきます。アレク様、バトラー様はお強いのでご安心ください」

　実は、セバンとバトラーは知り合いだった。アレクはバトラーを信用し、彼に任せることにした。

「父上、母上、後ほど会いましょう。セバン、父上と母上を頼んだよ」

「かしこまりました。命に代えてもお守りいたします」

「アレクちゃん、ゆっくり疲れを癒《い》やしてくるのよ」

「ゆっくりでええからのぅ。まだ戦いで気が立っておるじゃろうし、湯浴みをしながら落ち着いてくるのじゃぞ」

　やはり、アレクを第一に思いやる返答をするヨゼフ達に、アレクは自然と笑顔になる。

「はい！　分かりました」

　アレクは家族とはこんなにいいものなのだなと再認識して、バトラーのあとを付いていった。

◆　◇　◆

「バトラーさん、あなたはセバンとはどういう仲なのですか？」

アレクは湯浴みに向かう途中で、気になったことを尋ねる。

「セバン様は昔の仕事仲間でしてね。詳しくはご本人から聞いてほしいのですが、セバン様が仕事を辞める際に、私を王城の執事として紹介していただいたのです。ですので、私からしたら恩人なのです」

バトラーが詳しい仕事内容を話さなかったのは、セバンが過去のことを隠している可能性があるからだ。

「そうだったのですね。セバンの過去はなんだろうと最近考えていたんですよ。相当強いので、元冒険者か国に仕える兵士かなとか色々と」

アレクを狙って伯爵家の屋敷が襲撃された時のセバンは、英雄と言われても信じてしまうほどに強く、アレクはそんなセバンの過去をあれこれ想像していた。

「私からは詳しくお答えできませんが、全て外れでございます。……それよりも、湯浴み場に着きましたよ。私は外で待っておりますので、ごゆっくりお入りください」

新しい話題にうまいことすり替えられたなと感じるアレクだったが、これ以上聞いてはいけない雰囲気がしたので、素直に湯浴みをすることにした。

アレクは脱衣場でボロボロになった服を脱いで、湯浴み場に突撃する。

「で、でかい……それに俺しかいない……」

アレクは簡単に体を洗って、すぐに湯に浸かる。

「ふわぁ～気持ちいい」

湯船が大きいおかげで、目一杯足と手を伸ばしてくつろぐことができる。お湯からはハーブのいい香りがして、心も安らいでいった。

「それにしても、色々あったな。まさか、ヨウスがあれほどの魔法を使えるなんて。それとアミーヤの暴走で、すぐバーナード家の悪事が全て明るみになったな。なんか終わってみると呆気ないよ」

アレクは今日あったことを振り返りながら、物事が終わる時は、呆気ないものだなと感じていた。

「ディランとアミーヤはもういいかな……十分気が晴れた。執事のチェスターにはまだ怒りがあるけどね。あいつも捕まって裁きを受けたらいいなぁ」

それから、ゆっくり三十分間くらい湯舟に浸かって脱衣場に向かうと、メイドが五人待機していた。

「さぁさぁアレク様、お着替えをいたしましょう」

メイドの一人にそう言われて、アレクは抵抗もできず、体を拭かれて用意されていた豪華な服を着せられる。

「凄くお似合いですよ。アレク様」

そう言われるが元日本人のアレクからすると着慣れないため、凄く苦しく不快に感じてしまう。

「着せていただきありがとうございます」

アレクはお礼を言ってから、バトラーが待つ出口へと向かう。

「バトラーさん、お待たせしました」

「アレク様、凄くお似合いですよ。王子様みたいです。これは将来学園では大変なことになりそうですね」

バトラーはアレクを見て、将来モテモテで苦労するだろうなと感じていた。

「やめてくださいよ。俺は平凡に過ごしたいのです」

バトラーは密かに決闘を見ており、平凡な人生を送れる方ではないと思ったが、はっきりは言わないでおく。

「じきに分かるようになりますよ。今は楽しくお過ごしください」

アレクはバトラーの言っている意味が分からなかったが、まぁいいかと軽く流す。

それから、アレクはヨゼフ達が待つ会場に向かうのであった。

会場に着くと、さっきの決闘時のお通夜《つや》状態が嘘のように賑わっていた。

理由としては、数人の貴族がお家潰しとなった結果に、陞爵《しょうしゃく》するのは誰なのかという話で持ち切りであったからだ。

だがアレクがやってくると、初めに見つけた貴族から連鎖して全員が黙って見つめてくる。

アレクはその空気にいたたまれない気持ちになり家族を探す。

すぐにヨゼフ達を見つけたアレクは、すぐに駆け寄って口を開いた。

「やっと見つけましたよ。なんですか？　俺が来たら急に黙り込むあの人達は……」

いまだにチラチラアレク達をうかがうような視線を向けてくる貴族達。

「みんなアレクちゃんの実力に驚いたのよ。そんなことより、王子様みたいで可愛いわ」

「うむ！　流石ワシらの子じゃな。周りより数段上の容姿をしとるわい」

「こんな立派になられてセバンは嬉しゅうございます」

もうお決まりのようになっているが、カリーネもヨゼフもセバンもアレクを褒めることしかしない。

そんな話をしていると、会場に来た時に話しかけてきたマルティルが、アレクに話しかけてきた。

「アレク、驚いたぞ！　まさか、あれほどとはな。それから、周りにいる有象無象《うぞうむぞう》は気にしなくていい。何かあれば、辺境伯の私に言いなさい」

辺境伯とは、国境に位置する土地を与えられて、国境防衛の任についている重要な爵位だ。伯爵より上位であり、侯爵に近い権力を持っている。

「マルティル辺境伯様、ありがとうございます。少し楽になりました。マルティル辺境伯様と父上はどのようなご関係なのですか？」

どのような接点があるのか凄く気になったアレクは尋ねる。

「マルティルじいじと呼んでくれ……いや、辺境伯としての命令だ。呼ぶように！　ヨゼフとの関係は、今は停戦している帝国との戦争の時からの仲だな」

マルティルは短い白髪《しらが》で顔に無数のシワがあり、アレクは六十代近いのだろうと予想した。だが体型はガッチリしており、精気が体中から溢れ出していた。

「マルティルじいじ……申し訳なさと気恥ずかしさがありますよ。それより、戦争なんてあったのですね。父上もマルティルじいじも生きていてよかったです」

マルティルは目尻をこれでもかと下げて、うんうんと頷いている。ヨゼフも心配されたのが嬉しく、微笑みながら喜んだ。

「それにしても、ヨゼフは儲けているみたいだな。まさか、高価なポーションをアレクにあれほど持たせているとは……それに今回の決闘の賭けで、また財産が増えるな。さらに、陞爵される可能性が高いのもうらやましい限りだ」

「息子のことが心配じゃからな。まさか、あのように敵に苦痛を与えるために使うとは思ってらんかったわい。賭けの全財産はアレクのために貯めておくわい。それから、陞爵はないじゃろう……ワシは何も成し遂げておらんしのぅ」

流石に、スキルのことを話せないヨゼフはうまく誤魔化す。

そしてヨゼフは今回の事件で利用した国王との過去のつながりは表沙汰《おもてざた》にできないので、陸爵はないだろうと思う。

「そんなことを言うな！　ヨゼフの国に対する貢献《こうけん》はそろそろ報われてもいいだろう」

マルティルは、これほど優秀な人材が何もしていないで領を発展させただけなのはおかしいという思いからヨゼフのことを密かに調べて、過去の粛清にヨゼフが関わっていることを突き止めていたのだ。

「まさか、知っていたとは……内密に頼むぞい。もし陸爵の話があれば、正直ありがたいわい。アレクには上位貴族として継いでもらいたいからのぅ。じゃが気がかりなのは領の転封《てんぽう》じゃな……できれば今の領がいいんじゃが……」

大貴族になるにつれて、広い領地や重要な場所が与えられる。ヨゼフはそれを懸念《けねん》しているのだ。今の領地は決して広いものではなく、王都から遠いため、もし上の爵位が与えられれば、領地が変わることは充分にありうる。

顔を曇《くも》らせるヨゼフに対し、マルティルはあっけらかんと言う。

「領地の変更はどうしようもないが、ヨゼフならうまくやれるだろう」

ヨゼフとマルティルがそのような会話をしている一方。ルーヘンは国王に拷問《ごうもん》の結果を知らせに行っていた。

「ルーヘンです。入室してもよろしいでしょうか？」

「許可する」

「陛下、宰相様、拷問の結果が出ました。決闘のあとアレク様を襲おうとした者はバーナード伯爵家の騎士団団長とのことで、奥様――アミーヤ様に言われて行動したと言っています。また、今回の件にバーナード伯爵が関係しているかの問いには、関係していないの一点張りでした。目を見た感じ嘘をついておらず、アミーヤ様が単独でけしかけたという線が濃厚です」

国王も宰相も頭を抱える。なぜ、こうも馬鹿ばかりなのかと。貴族なら何をしてもお咎《とが》めがないとでも考えているのではと思う。

「ルーヘン第三騎士団団長、ご苦労であった。今をもって謹慎を解く。第三騎士団と合流し、任に当たれ」

「ハッ！　了解しました」

そして、ルーヘンが出て行ったあと、国王と宰相は顔を見合わせる。

「この馬鹿どもをどうしたものか……バーナード伯爵家は爵位を剥奪《はくだつ》し、当主のディランは打首だ。アミーヤは修道院送りとする。ヨウスは二十年の鉱山送りの後に、国外追放とする。屋敷の使用人も同様に鉱山送りだ。特に執事がひどいという話だからな。そいつは刑を重くしよう。騎士団に関しては事情を聴取して判決を言い渡すこととする」

本来なら、数々の犯罪を侵したバーナード伯爵家は二親等まで同じ死刑判決を受けることになる。しかし、ディランが屋敷でのアレク虐待を先導して行っていたという理由で、国王はそこまでせず、ディランだけを死刑にすることに決めたのであった。


なぜか今、アレクは国王と対面している。

何があったかというと、会場にいたら急に宰相のアントンが来て、「陛下がお呼びです」と言うので、付いていったのだ。

事前に呼び出しがかかる可能性があるとヨゼフから聞いていたので、心に余裕がある状態で向かうことができた。

「アレクよ、よく来てくれた。まずは決闘、見事であった。あれほど圧倒するとは驚きだ。して、なぜ殺さなかったのだ？」

国王はアレクを褒めたかと思うと、急に不穏なことを口走る。

アレクから事前に聞いていたバーナード伯爵家での仕打ちや決闘でのヨウスのことを見ていると、不慮の事故死にすることも可能だっただろうと感じたからだ。

「初めは殺しはしないまでも、歩けない状態くらいにはするつもりだったのですが、泣き叫ぶヨウスや、観客の顔を見ていると、やる気が失せたと言いますか……このまま行くと伯爵達と同じようになると思ったのです」

伯爵達と同じように、悪に心が染まってしまうような気になったアレクは踏み止まったのだ。

「そうか……それにしても、よく手を止めた。理性とは今後もついて回るものだ。長い人生の中、もし苦悩を経験し、理性を失いそうになった時には今日のことを思い出すのだぞ。必ずいい方向に歩めるはずだ」

齢《よわい》十の少年に理解してもらおうとは思っておらず、心の片隅に残してほしいと思う国王であった。

「はい！　ありがとうございます、陛下」

「そうだ、アレクが一番気になっていることを伝えよう。バーナード伯爵家は爵位を剥奪し、ディランは打首、アミーヤは修道院送りとなる。ヨウスは二十年の鉱山送りの後に、国外追放とする。屋敷の使用人や協力していた仲間の貴族も同様に鉱山送りだ。特に、執事に関しては四十年の鉱山送りが決まった。そして、今回襲ってきた騎士団団長は貴族の子息を襲った罪で死刑になる。以上だ」

執事のチェスターは現在四十歳である。出てくる頃には八十歳だ。一生を鉱山で過ごすことになるのかと、アレクは少し胸がすっとした。

「わざわざ私に教えていただきありがとうございます。これで、憂いなく日々を過ごすことができます」

「王国の法で裁きを下したまでのこと。気にする必要はない。正直、ヨウスの刑は甘いと思っておるが許してほしい。それより、ここからが本題なのだが、アレクのスキルについて話してくれないか？　この通りだ」

国王はそう言うと頭を下げた。アレクはそんな国王を見て慌てる。

「へ、陛下、すぐに頭をお上げください。刑に関しては陛下の裁量に全てお任せします。感謝はすれど、異議を唱えることなどありえません。それから、スキルですか？　陛下……申し訳ございませんが、あまり言いたくありません……」

流石に、国王であろうと簡単には話すことができない。もし、厳罰《げんばつ》に処されようと絶対に話せないのだ。

「フッハハハハ！　ここまで肝《きも》が据わっているとはな。安心しなさい。しっかりと誓約《せいやく》は結ぼう。だがアレク、発言には気を付けなさい。発言一つで、ヴェルトロ子爵家が滅ぶこともある。アレクはもう一人ではなく、ヴェルトロ子爵家の長男なのであるからな」

優しく諭す国王に、アレクは冷静になる。

（確かに、下手なことを言うと家にまで迷惑がかかる……もっと頭を使って発言しないといけないな）

アレクはそこまで考えると、頭を下げてスキルのことを伝え始めた。

「申し訳ございません陛下！　考えが甘かったと再認識いたしました。今後はもっと考えて行動いたします。それから、誓約していただけるなら、お話しいたします。私のスキルは〈全知全能薬学〉〈調合〉〈薬素材創造〉〈診断〉〈鑑定〉というものでして……」

一つ一つのスキルをアレクが分かる範囲で国王に伝える。

伝える度に、国王と後ろに控えている宰相のアントンは驚きの表情を見せる。

「アントン、これはまた大変なスキルが生まれたものだな……すぐに、誓約を結ぶ手はずを整えてくれ。それから、ヨゼフを呼んできてくれないか？　もしかすると、アレクの力で娘が助かる可能性が出てきた。すまぬがアレク、力を貸してくれないだろうか？」

またまた、厄介《やっかい》なことに巻き込まれそうだなと思うアレクだったが、断るわけにはいかないなとも感じていた。

「私にできることならご協力いたします」

アレクは恭《うやうや》しく頭を下げてそう言う。

その後誓約を結び、しばらく待っていると、ヨゼフが入室してきた。

国王がヨゼフに話しかける。

「急に呼び出してすまぬな。アレクとは誓約を結びスキルのことは全て聞いておる。なんでも、ヨゼフにすら全てを話していないとアレクから聞いた。まずは余から、アレクのスキルを説明しよう」

国王はアレクが話したスキルの説明をヨゼフに話す。

ヨゼフはある程度スキルに関しては知っているつもりでいたが、予想以上に凄すぎたために、ポカーンと口を開けていた。

「フッハハハハ、そうなる気持ちも分かる。馬鹿げたスキルをしておるからな。余も初めて聞いたものばかりであった。ヨゼフよ、そろそろ復活してくれぬか？」

そんな国王の言葉に、ハッとなったヨゼフは申し訳なさそうに謝る。

「陛下、申し訳ございません。思っていた以上でしたので。それで、私をなぜお呼び立てされたのでしょうか？」

「その前に、ヨゼフも本当に若返ったのだな。余と出会った時以上の若さではないか！　うらやましい……余も若返りたい。アレクよ、若返りの薬を出すのだ」

「いけません。陛下が若返ると国全土がアレクくんを狙いますよ。私も若返りたいのを我慢しているのですから」

国王と宰相からそんなことを言われて、二人ともフランクすぎないかとアレクは内心で呆れる。

「うむ。それならば仕方がない……せがれに王位を譲って隠居《いんきょ》すればよいか？　明日早速戴冠式《たいかんしき》を行うので、段取りを進めておいてくれ」

「陛下、いい加減にしてください。今辞めてしまわれては国が崩壊いたします。冗談はこれくらいにして、ヴェルトロ子爵にちゃんとことの経緯を話してください」

小声で「冗談じゃないのに」と言うのが聞こえたが、宰相がキッと睨みを利かせると慌てて本題に入る。

「すまぬヨゼフよ、此度《こたび》の用件とは、アレクのスキルを使って、娘のエリーゼを救ってもらいたいのだ。アレクと同い年で十歳になるのだが、昨年病に倒れてからどんどん衰弱《すいじゃく》していき、今や起き上がることもできなくなった。どうかアレクのスキルを使う許可をもらえないだろうか？」

「アレクが治したいというのであれば、私はアレクの考えを尊重します。ですが、アレクに不利益がないようにしていただけないでしょうか？」

ヨゼフは治療した結果、アレクが天才少年と祭り上げられて、いらぬ人物からちょっかいをかけられるのは避けたいと考えている。

「そこに関しては、ヨゼフが行商人から買った不治の病をも治す特効薬を使ったことにするから安心してほしい」

国王のその言葉から、アレクとヨゼフは頼もしさを感じた。

国王は続けて口を開く。

「そしてもし成功したら、今回の褒美と、ヨゼフの領地を発展させたことを踏まえて、伯爵へと陞爵させる。本来ならば侯爵になってもおかしくない功績を上げているにもかかわらず、遅くなってすまんかった」

国王はずっとヨゼフを陞爵させられないことを心残りにしていた。ヨゼフの仕事を考えれば、侯爵にはできないが伯爵にはできると考えていたのだ。

「頭をお上げください。陞爵するにしろしないにしろ、アレクに被害が及ばないのであれば、私が全てを背負います。それよりも、十歳の御子《みこ》が苦しんでおられるのですから早く治療をいたしましょう」

アレクはヨゼフのその言葉を聞いて感動してしまった。

「そうだったな。今すぐエリーゼのもとに移動する。アントン、誰とも出会わないように対応してくれ」

「ハッ！　かしこまりました」

そう言ってアントンが出ていき、ものの数分で戻ってきた。そして、「エリーゼ王女様のもとに行きましょう」と促す。仕事が早すぎるだろうと思うアレクとヨゼフ。


廊下を歩いていても、本当に誰もおらず、スムーズにある部屋へたどり着いた。

「エリーゼ、入るぞ」

国王が声をかけて入室する。部屋は病人がいるとは思えないような、花の甘い香りがして落ち着く空間であった。部屋もベッドも綺麗で、アレクは王城のメイドの完璧な仕事ぶりに感嘆《かんたん》した。

「どうやら寝ているようだ。アレク、頼む！　娘を治してやってほしい」

真剣にそう言う国王の顔は一国の王ではなく、一人の父親の顔をしていた。

アレクが頷いてエリーゼのもとへと近付く。

「〈診断〉」

患者：エリーゼ・フォン・ウズベル
病名：ＭＲウイルス感染症
症状：頭痛、咳、魔力欠乏、衰弱、高熱
感染：伝染確率なし
余命：三年

アレクが〈診断〉を使うと、エリーゼの病状が浮かび上がる。

（病状からして、前の世界で言うインフルエンザのようなものの強力なやつか？　感染しないのが救いだな。よし、早く薬を作ってしまおう）

そう考えたアレクはすぐに、〈全知全能薬学〉〈薬素材創造〉〈調合〉を使い、ＭＲウイルスの特効薬を作る。

「陛下、完治薬が完成しました。病名はＭＲウイルス感染症です。薬を飲ませても構いませんか？」

アレクの薬を作る工程を一から見ていた国王、アントン、ヨゼフの三人は呆気に取られていた。

三人はアレクの一声で我に返る。

「あぁ、すぐに飲ませてやってほしい」

国王にそう言われ、アレクはエリーゼに声をかけて起こす。

「エリーゼ王女様、エリーゼ王女様、起きてください。お薬の時間ですよ」

エリーゼは聞いたことがない優しい声に導かれるように目をゆっくりと開ける。

「あなたは誰ですか？」

弱々しい声で尋ねるエリーゼ。

「私はエリーゼ王女様を治しに来た者です。このお薬を飲んで目覚めたあとは、元の元気な姿に戻っていますよ。さぁ、口を開けてください」

エリーゼは普通なら疑うはずなのだが、なぜか身を任せてもよいという感覚になり、口を開けて薬を飲む。

その直後、苦しそうな顔をしていたエリーゼが静かに眠る。

「〈診断〉」

患者：エリーゼ・フォン・ウズベル
病名：なし
症状：なし
感染：なし
余命：八十年

アレクは〈診断〉で完治したことを確認する。

「エリーゼ王女様の病気は治りました。今は薬の影響で寝ていますが、起きたら元通りの元気なお姿になっていると思います」

「まことか？　……確かに、呼吸も穏やかで熱も下がっておるな。アレク、礼を言うぞ。皆がお手上げ状態であった病気を、ここまで簡単に治してくれるとは……本来なら褒美を渡したいが、少し待ってもらえないだろうか？」

国王は将来アレクが成人したあとに、さらに陞爵させるつもりでいるのだ。

「褒美のためにしたわけではないので、いりません。それより、病気を治すことができてよかったです。あと、エリーゼ王女様が気持ちよさそうに寝ていますので、部屋から出ませんか？」

その後は元の部屋に戻り、アレクは国王から何度も礼を言われた。

やっと解放されたアレクとヨゼフは部屋をあとにして会場に戻るのであった。

◆　◇　◆

時は少し遡《さかのぼ》り、国王がアレクとだけと話している頃、会場ではセバンとバトラーが再会を祝していた。

「久しぶりだな。元気そうで何よりだ。さっきはアレク様の護衛、感謝するよ」

「お久しぶりです。いえいえ、セバン様の仕える家のご子息に何かあってはいけませんからね。それに、アレク様は非常に興味深い御方です」

バトラーは髪を真ん中で分けて毛先がクルンとカールしている。口のヒゲも同様に毛先がクルンとカールしており、それを触りながら話すのが癖だった。

「ほう……二人でいる時に、何を話したんだ？」

「大したことではありませんよ。ただ私とセバン様の関係が気になったようですね。それについては、元々同じ仕事をしていたとしか話していません。あとはセバン様に直接聞いてくださいとね」

「なるほど、アレク様はやはり鋭いですね」

「ですが不思議なのですよ。あの歳くらいの少年なら引き下がらず踏み込んでくるはずなのですが、引き際を知っているのか、それ以上踏み込んできませんでした。話していても子供のような時と大人のような考え方をする時もあり、本当に不思議で興味深いです」

バトラーは人を観察することが好きで、アレクがどのような人物なのかをあの湯浴み場に向かう途中で観察していたのだ。

「またお前の悪い癖が出ているぞ。だが確かに、アレク様は不思議な人物だよ。大人のようで子供の一面も持っている。話すと大人びた少年とはまた違う何かがあるのは確かだ。まぁ、アレク様の過去がどうであれ、俺はアレク様をお守りするだけだがな」

アレクに何らかの秘密があるだろうことは、セバンも少なからず普段の言動から察してはいた。カリーネやヨゼフ、それに自分自身も若返らせてもらっている。普通の人間ではないのは確かだ。

「何がおありになったのかはお聞きしませんが、相当なことがあったのですね。あなたは昔から恩を受けた相手には数倍の恩でお返しする方でしたから。それより、相当若返りましたね。昔、私を拾ってくれた時を思い出すようですよ」

バトラーの一言で、昔を懐かしむ二人。

セバンは裏の仕事をしている時に、道端で倒れていたバトラーを助け、弟子にしたのだ。

「あの時はひどいあり様だったもんな。服はボロボロで髪はボサボサで血があちこちに付いていて、一瞬死体かと思ったくらいだ。だが拾って驚いたのが成長スピードだった……戦い方も勉強も作法も教え込めばすぐ習得する。うらやましいスキルだよ。まったく」

バトラーは〈完全記憶〉のスキルを持っていた。それは、一度教わったことは忘れない、戦い方も肉体がついてくれば、全てをマスターする、そんなスキルだった。

ダイヤの原石を拾ったと当時のセバンは思ったほどだ。

「私はセバン様に拾われて毎日必死でしたけどね。また路地裏生活には戻りたくないと……それより裏稼業の人間がなぜあのような教養を持ち合わせて作法も知っているのか、不思議でなりませんでした」

「俺がおもしろい人材を集めていたら、元貴族の次男坊やら三男坊やら大商会の三男坊やら流浪《るろう》の剣客やら色々いたんだよ。そこから色々教わったのさ」

当時の王国は腐っており、立て直す必要があった。そのために、セバンには実力者を集め、影の部隊を作るという任務が課されていたのだった。

「私は良きところに拾われたと今でも感謝しております。それよりも、彼らが今どうなっているか気になったりはしないのですか？」

周りに誰もいない端っこで話しているにしても、裏の組織の名前を聞かれていたら困るので、あえて名前を出さない。

「気になる時もあるが、あいつらならうまくやっているだろう。お前の様子を見る限り大丈夫そうだしな」

「お見通しでしたか……あの方も大変よく仕切られておりますよ。ですが最近巷《ちまた》で、ある薬が出回り出しましてね。初めは快楽を与えて、幻覚症状を引き起こして最終的には心臓への負担で死に至るらしく、それの対応に追われているそうです」

「いつの世も馬鹿はいるものさ。もし、手に負えないようなら俺に言ってくるように伝えてくれ」

「分かりました。その時は私もお手伝いさせていただきます」

そのような話をしていると、ヨゼフとカリーネが近寄ってきた。

「思い出話もまだまだあるじゃろうが、陛下に呼ばれてしまってのぅ。セバン、すまんがカリーネを頼めるかのぅ」

「はい！　お任せください。カリーネ様に近付くゴミを排除いたしましょう」

セバンは指をボキボキと鳴らしながら言う。

それを見たバトラーは相変わらずだなと感じるのだ。

「ほどほどに頼むのぅ。何か難癖を付けられるようならマルティル辺境伯に言えばええからのぅ。あとは頼んだぞい」

セバンはマルティル辺境伯の後ろ盾があれば、大抵はどうにかなるだろうと思う。

「ではカリーネ様、セバン様、私はこれにて失礼いたします」

そう言って、バトラーは優雅な所作で去っていく。セバンとカリーネも、会場の中央に戻るのであった。

◆◇◆

晩餐会から一夜明け、帰宅当日の朝。

アレクとセバンはおやっさんの鍛冶屋に向かっていた。

城ではエリーゼ王女の快気祝いが行われるということだが、王子や王女に囲まれてのパーティーなど緊張するだけなので、アレクはヨゼフにお願いして丁重にお断りをした。

「おやっさん、来たぞ。アレクの短剣はできているかぁ？」

セバンの呼びかけに気付いていて、奥からドタドタという足音とともに現れるおやっさん。

「なんじゃ、もう来たんか！　短剣はできとるんじゃが、他にも作っとってのぅ。ちと待っとれ」

そう言うとまたおやっさんは奥に行く。奥からカンカンカンとハンマーを叩く音が聞こえる。

「他に作っている物ってなんだろう？　セバン、分かる？」

「見当が付きませんね。おやっさんは昔から創作意欲が湧くと、色んな物を作りますから。ですが決して悪い物は作らないので、期待していていいと思いますよ」

そう言われると何が出てくるのかワクワクしてしまうアレク。

するとセバンが待っている間、〈アイテムボックス〉からティーセットを出してお茶を淹れてアレクに渡した。アレクは本当にできる執事だなと思う。

しばらくお茶を楽しんでいると奥から色々な物を抱えたおやっさんが現れる。

「できたぞい。短剣と防具と、こっちはアレクの身長に合わせた剣じゃな。説明する前に、セバンなんか飲みもんを持っとらんか？　昨日からなんも飲んでおらんくて喉がカラカラじゃ」

抱えていた物をカウンターに置き、説明をしてくれるおやっさん。

おやっさんはアレク用の武器と防具一式を作るため、寝食も忘れて、ずっと造り続けていた。

「ちゃんと酒を用意しているから安心してくれ」

そう言いながら、セバンはドワーフが一番好きな酒を渡す。おやっさんは分かっているじゃないかという感じで受け取った酒をゴクゴクと一気飲みした。

「ぷはぁ〜生き返ったわい。流石、セバンじゃな。ドワーフの扱いを分かっておるわい。早速じゃが坊主、着てみるんじゃ」

アレクが渡された革の防具を着てみると、サイズはピッタリで、いつ測ったんだと驚いてしまうほどであった。

「軽いし、動きやすいし、大きさもちょうどいいです。ちなみに、何の革で出来ているのですか？」

「ワイバーンの革にミスリルをコーティングして強度を増しておる。鉄剣くらいなら軽く弾くじゃろうな。剣もミスリルと鉄を混ぜて作ってみたんじゃがどうじゃ？」

アレクが軽く振ってみたところ、この前の短剣と同じくらいしっくりくる。剣の扱いがうまくなったのではと錯覚《さっかく》するほどだ。

「おやっさん、凄いです。なんですか、この剣に防具……宝の持ち腐れになりそうな代物ですよ」

「ブッハハハハ！　そう思うなら鍛えるのみじゃな。基礎はできておるし、手の豆を見れば分かるが坊主は努力家じゃろう。近いうちに扱えるようになるわい。それと、防具と剣はワシからの贈り物じゃから金はいらんぞい。その代わりガタがきたら、ワシのとこに持ってくるんじゃ」

優しいおやっさんに、アレクは感動する。

「ありがとうございます。必ず期待に応えます。それから、冒険者を始めたら仲間と一緒に、ここへ必ず来ますから、その時はいっぱい買わせてください」

「その年齢の貴族で冒険者を始めるとは変わっておるのぅ。その時を期待して待っておるぞ。じゃが生半可《なまはんか》な仲間じゃと、剣も防具も売らんから、そのつもりでおるんじゃぞ」

おやっさんは適当な相手には売らないというプライドを持っている。

アレクからしても、おやっさんの最高級の装備を誰彼なしに使ってほしくないので逆にありがたかった。

「大丈夫です。セバン並みにみんな強いですから！」

それを聞いたセバンが口を挟む。

「俺からも言わせてもらうが、正直俺以上の化け物が一人アレク様の仲間にいるのは事実だな。おやっさんの創作意欲をかき立てる人物だと思うぞ」

アレクはノックスのことを言っているのだろうと察し、おやっさんと師匠を会わせたら凄い装備が出来上がりそうだなと思う。

「そいつは楽しみじゃな。じゃが会ってみんと分からんからのぅ。坊主が次回来る日を楽しみにしておるわい。美味い酒もついでに持ってくるんじゃぞ」

「はい。色んなお酒を持ってきますね。ありがとうございました。また来ますね」

装備一式はセバンの〈アイテムボックス〉に入れてもらい、おやっさんの店をあとにする。

「セバンのアイテムボックス、うらやましいなぁ。それもスキル？」

「スキルですね。〈アイテムボックス〉がない人は魔法袋を使います。ですが作れる人は限られているので、容量が一番小さいのでも金貨二百枚はしますよ。大商人か貴族か高ランク冒険者くらいしか持っていませんね」

荷物がかさ張らないからほしいなと思っていたが、まさかそんな高いとは思わず、アレクは

「えー！」と声を出してしまう。

「頑張って魔物を狩って稼がないとだね」

「そうですね。アレク様ならすぐ手に入れられますよ」

セバンはヨゼフに頼んで買ってもらうのではなく、自分でどうにかしようとするアレクに感心する。そこが普通の貴族の子息とは違い、アレクのいいところだと思うセバンであった。

◆◇◆

晩餐会の日から月日が流れ、一連の悪事の裁きが行われようとしていた。

まずディランは公衆の面前で斬首刑にされた。国王はアレクに斬首刑を見届けるかと尋ねたが、アレクは断りストレンの町に戻った。アレクの中で復讐は完結を迎えていたからだ。

刑の執行当日、王都の広場に現れたディランは痩せ細り頬はコケて、目も虚《うつ》ろな状態であった。

広場に集まった民衆は、それを見て少しばかりの恐怖を覚えた。

ディランは手と足は錠がかけられ、用意された台の上に座らされる。

「これより、刑を執行する。異議のある者は名乗り出ろ」

数人いる執行人の一人が、全員に聞こえる声で叫ぶ。だが誰も名乗り出ようとはしない。

娯楽の少ない異世界では斬首刑も見世物に等しい。日頃から貴族に恨みを持つ平民からするといい憂さ晴らしなのだ。

「誰もいないようだな。では刑を執行する」

「許さんぞ～許さんぞ～アレク！　貴様だけは……」

急に叫び出したディランであったが、刑の執行時にはよくあることなので、執行人はお構いなしに首を刎《は》ねる。

地面に落ちたその顔は狂気に満ち、この世の者とは思えない表情をしていた。その顔と目が合った野次馬《やじうま》は悲鳴を上げてしまう。

「これにて刑の執行を終わりとする。速《すみ》やかに身体と首を回収しろ」

刑を執行した執行人が指示を出す。仲間の執行人達は手慣れた手付きで、身体と首を麻袋に入れて運ぶ。

「ふ～……何度やっても慣れないものだ……酒でも飲んで帰るかな」

首を刎ねた執行人は王城に戻る道すがら、思わずボヤく。

極悪人の犯罪者であっても、無抵抗な人物の首を刎ね飛ばすことはいまだに慣れない。その夜、この執行人は酒をたくさん飲んで眠りについた。

一方鉱山送りになったヨウスはというと、同じ罰を受けた貴族とともに鉱山へと向かう馬車の中にいた。

「ワシを誰だと思っておる。キンベル侯爵だぞ！」

「そうだ。もし解放してくれたら、金をやる。だから早く解放しろ！」

キンベル侯爵とボンゴレ伯爵は、まだどうにかなると思い込み、しきりに叫んでいる。

「黙れ！　お前達は犯罪者だ。これ以上騒ぐようなら無理矢理黙らせるしかないが、どうする？」

護送を仕切る兵士長が脅しをかける。

「貴様、誰に向かって口を聞いているのか分かっておるのか？」

「……しょうがない。馬車を止めろ！」

兵士長に指示を出された兵士は、キンベル侯爵を護送用の檻《おり》から引きずり出してムチで背中を叩く。五十回ほど叩いたところで、兵士長が止めに入った。

「その辺にしておけ。これ以上は死ぬかもしれない。檻に入れておけ」

「ハッ！　了解であります」

その光景を目の当たりにした他の貴族達は、誰一人として恐怖で一切口を開くことはなかった。

「チェスター、聞こえるか？」

ヨウスが元執事のチェスターに話しかける。

「なんだ？　ガキ」

「おい！　誰に向かって言っているか分かっているのか？　俺はバーナード伯爵家嫡男だぞ」

「お前の家は取り潰し。親父は斬首刑。それに母親は修道院。お前は俺と同じ奴隷だ。分かったか？　クソガキ」

あの媚《こび》を売っていたチェスターはどこへやら、権力がない相手にはゴミ同然といった態度を取るようになっていた。

「くっ……クソ！」

ヨウスは本当のことを言われて何も返せない。

「お前らうるさいぞ！　お前らもあのおっさんのようになりたいのか？」

うるさい二人を兵士長が脅す。それを聞いた二人は首を横に振り黙るしかない。

ヨウスは「こうなったのも全てアレクのせいだ、いつか復讐してやる」と心に誓うのであった。


その頃、アミーヤはというと、馬車で修道院に運ばれていた。

「なぜ、私が修道院なんかに……絶対おかしいですわよ……キィー！　これも、全てあの妾の子が悪いんですわ。絶対に許さない。私の可愛いヨウスまで奪っていったんですもの。必ず復讐してやりますわ」

ディランとヨウスに続いて、まだ状況を理解しようとしない馬鹿がここにもいた。

外にいる兵士から一言言われる。

「うるさいぞ、女！」

「うるさい女ですって……誰に向かって言っているのか分かっていますの？　私は伯爵夫人です

わよ」

「お前はもう犯罪者だ。死刑にならなかっただけ感謝するんだな。次、口を開いたら猿轡《さるぐつわ》をはめるからな」

こういうことに慣れた兵士は一切容赦をしない。

「なんですって～！　絶対許しませんわ！　恨んでやりますわ！　お前らも全員死ねばいいのですわ……ムゴムゴフンフン」

耐えきれなくなった兵士は、アミーヤに猿轡《さるぐつわ》をはめてしまった。

その後も、アミーヤはフゴフゴ何かを言い続ける。だが誰も相手にしない。

こうして、アレクにとっての最大の障害が一つ減り、平穏な日常を迎えられるようになったのであった。

第二章　冒険者としてのスタート

　王城から帰宅して数週間が経ち、無事にバーナード伯爵含め悪事を働いた貴族達の刑は執行されたと書状が届いた。

　ちなみに、ザ・お嬢様のキャロルは母親とともに平民になったらしく、苦労しているようだ。これは風の噂で流れてきたことで、そもそも興味がないアレクは、「へぇ～」という感じで聞き流していた。

　アレクは子爵領に戻ってからは、ノックスとパスクことパスクワーレと三人で剣や魔法の訓練をしている。

　それだけではなくこの国では十二歳で学校に入学するので、二年後の学園入学に向けて勉学に励み、貴族としての作法や言葉遣いなどをセバンから習っている。

　この国や近隣諸国の歴史と情勢を覚えることはアレクにとっては難題だった。作法も同じく知らないことばかりで、セバンに何度も注意されている。

　そんな日々を過ごしていると、以前交渉した冒険者ギルドの問題についてまとまったようで、ギルドマスターのゴルドンとサブギルドマスターのニーナが屋敷を訪ねてきた。

その問題とは、冒険者の統制をどうやって取るのか、そしてルールから逸脱した行動を繰り返す冒険者をどう取り締まるのか、という問題だ。

二人と話をするために、アレクとヨゼフ、セバンが応接室で待機していると、使用人に案内された二人が入ってくる。

そして先日のギルド問題の話をすると思いきや、開口一番ゴルドンはヨゼフに泣きついた。

「ヨゼフ様、何度も取り次いでほしいとお願いしたにもかかわらず、なぜお会いしていただけなかったのですか？　あのあと、ご覧の通り、俺の美しかった毛がなくなってしまったのですよ……どうにかしてくださいい、ヨゼフ様！」

このような、貴族に対して礼儀知らずの行動を取れば、普通罰せられてもおかしくない。

だが、ゴルドンの頭は本当に見るも無惨《むざん》な状態になっており、アレクもヨゼフも大笑いしてしまう。控えていたセバンですら吹き出す始末であった。

「はははは……すまんすまん。あまりにも唐突で、元通りになった姿に笑いが……ぷっはははは」

笑いを我慢できない三人は大笑いすることをやめられない。ニーナに至ってはヤレヤレと呆れているようだ。

「笑い事ではありません。先日新しい出会いがあったのですが、髪の毛が元に戻っているのに気付かず、デート初日の朝ウキウキしながら出掛けて、その女性に会ったが最後、キャーと言われて逃げられたのですよ……どうしてくれるんですか？」

三人は知らんがなと同時に思う。

「仕方ないのぅ。毛生え薬一ヶ月分を金貨四枚でどうじゃ？　破格じゃろ？」

タダで渡すのは釈然《しゃくぜん》としないので、アレクの小遣いになればとヨゼフはそんな提案をする。

それに、金貨四枚はギルドマスターの給料からしたら高いが、ゴルドンがどうするのかも気になり尋ねてみる。

「金貨四枚……待ってください」

ゴルドンはハゲた頭をフル回転させて考えていた。

ギルドマスターの給料は一ヶ月金貨二十五枚。毛生え薬を買って家賃や食費を考えると、微々たるお金しか残らない。これじゃ女の子と遊べないじゃないかと。

そこで、ゴルドンは閃く。冒険者として活動を再開すればいいのだ。彼がギルドマスターと冒険者の二足の草鞋《わらじ》を履《は》くことがここで決まった。

「購入させていただきます。金貨四枚です。今すぐに下さい」

ゴルドンは金貨四枚をサラッと出して、切羽詰まったように言う。

アレク達も絶対毛生え薬の話題は来るだろうと予想しており、すでに用意していた。

「セバン、渡してあげるのじゃ」

「分かりました。ゴルドン様、こちらが毛生え薬でございます。確かに金貨四枚ですね。ありがとうございます」

毛生え薬を受け取ったゴルドンは、もう交渉が終わったかのような勢いで部屋を飛び出して帰っていった。

「災害のような奴じゃのぅ……」

「本当に申し訳ございません。あのような愚行を晒《さら》すとは思ってもおらず……帰りましたら本部にこのことを伝えて、なんらかの処罰を受けてもらいます」

「笑わせてもらったから何もせんでええぞい。その代わり、次からはニーナだけ来てくれたらええわい。話が早く済みそうじゃからのぅ」

ニーナがこれでもかと額をテーブルに付けて謝るが、ヨゼフは全然気にしていなかった。

「かしこまりました。次回からは私だけで参ります。早速ですが、前回の内容をまとめた書類を持って参りましたので、ご確認いただけないでしょうか？」

「そうじゃな。すまんが見させてもらうわい」

書類には前回話した、私兵を出す代わりにアレクの訓練と私兵の訓練をギルドの訓練場で行ってよいということと、新人冒険者を育てる機関を設立するということが書かれていた。

「うむ！　育成する場所の土地確保と、引退した冒険者の雇い入れをもう済ませておるとは、仕事が早いのぅ。それと今日からギルドの訓練場が使えるとはありがたい限りじゃわい。資金計画もまともじゃし、全て今日中に手配するわい」

それを聞いたニーナは頭を下げる。

「ヨゼフ様。ありがとうございます」

「うむ。セバン、ここに書いてあることをまとめて契約書を作成してくれんかのぅ。それと資金は帰る際に渡してあげなさい」

ニーナが持ってきた提案書は完璧に近かった。

セバンはすぐに契約書を作りに行くため、部屋をあとにする。

「ありがとうございます。これで冒険者による犯罪と新人冒険者の死亡率が下がればいいのですが……」

「何事もやってみてからじゃ。うまくいかん時は修正すればよい。問題があるなら、訪ねてきてくれたらいつでも相談に乗るからのぅ」

その後、無事に契約を終えて、資金を渡されたニーナが帰宅した。

アレクはギルドマスターを任せるならば、あのハゲのゴルドンよりニーナの方が適任ではないかと思うのであった。

◆◇◆

次の日、アレクは冒険者登録ができないか相談するため、ノックス、パスク、オレールと一緒に冒険者ギルドに向かっていた。

今日は依頼を受けられるか分からないが、おやっさんのところで買った短剣と貰《もら》った装備一式を着込んでいる。まだ冒険はしていないが、新しい装備に身を包み自然と笑顔が溢れてしまう。

「アレク坊、似合っているな。馬子《まご》にも衣装ってやつか。ブッハハハ」

ノックスにそう言われ、アレクはこの世界に馬子にも衣装ということわざがあるのかと驚く。そしてバカにされていることに気付いて言い返す。

「師匠、俺はこれから立派になるんです。まずは見た目から入るのも重要ですから」

「そうですね。見た目は重要ですよ。実際には強くなくてもそれなりに実力があるように見えますからね」

オレールはそう言って頷く。肯定的な意見を言っているようだが、言っている内容はノックスと同じである。

「もう、二人してバカにしないでよ。パスクは味方だよね？」

アレクはパスクに助けを求める。

「アレク様はお強いですよ。私も敵うかどうか……」

パスクはアレクと奴隷契約を結んでいるということもあり気を遣った発言をする。

「パスク……それは慰めになりませんよ。アレクくんを見てください」

オレールがパスクに指摘する。歩きながら冒険者ギルドに向かっているのだが、アレクはしゃがみ込み、のの字を地面に書きながら拗《す》ねていた。

「アレク様～申し訳ございません。そんなつもりは毛頭なくですね……あぁ、どうすれば」

悪いのはパスクではないにもかかわらず焦る。それを見てノックスとオレールは笑うのだ。

「アレク坊、いじけてないでそろそろ行くぞ。冒険者になるんだろ？」

「分かりましたよ。でも、師匠やみんなに負けないくらい強くなりますからね。パスク、奴隷だからって気を遣わなくていいから。間違っていると感じたり、冗談を言ったりする時は遠慮《えんりょ》せずに言ってね」

アレクは友達のように接してほしいと伝える。

「アレク様、ありがとうございます。間違っている時はちゃんと助言いたします」

まだ言葉に固さが残るパスクだが、アレクは仕方ないかと思う。

ノックスもオレールも、アレクの奴隷に対する扱いが、無意味に見下すのではなくしっかりしていることに安堵していた。

そのようなことを話していると、冒険者ギルドに着き、ノックスがドアを開ける。

アレクは意図していないが両サイドにオレールとパスクがいるので、アレクが護衛されているようにしか見えず人目を引く。

しかしヨゼフがギルドと結んだ冒険者の統制に関する契約の通り、騎士団が監視しているので、前のように絡んでくる輩はいない。

「ゴルドンはいるかな？」

ノックスが受付のお姉さんに尋ねる。

「ギルドマスターにどのようなご用件でしょうか？」

「ヴェルトロ子爵家のアレク様が来たと伝えてくれないか？」

身長が高い三人に囲まれて見えなかったアレクに、受付嬢は気付いていなかった。

ヒョコッと顔を出したアレクを見て慌てた受付嬢はすぐに二階へと向かう。

しばらくして、慌てたようにゴルドンが下りてくる。

「これはこれはアレク様、とりあえず二階の応接室にいらしてください」

アレク達は言われた通り二階に上がっていく。一階では冒険者達がなんだなんだと騒いでいる。

面倒になる前に、案内をしてくれてありがとうと思うアレクだった。

応接室に着いて、全員座る。受付嬢の一人がお茶を持ってきてくれて配膳《はいぜん》をして出て行く。

「アレク様、本日はどのようなご用件で参られたのですか？」

ゴルドンが神妙な面持ちで尋ねる。以前、ギルド改革案を言われたことで、また新しい難題を突き付けられるのではと思っているのだ。

「冒険者になりたくて来たのですが、ただ、以前来た時に冒険者になれるのは十二歳からだと言われまして……ギルドマスターのお力でどうにかならないかなと」

「特例を作りたいのは山々ですが……難しいです」

「そうですか……せっかく一ヶ月分の毛生え薬を持ってきたのですが、頑張ってもらえなさそうですね」

アレクは毛生え薬の瓶をテーブルに置く。それを見たゴルドンは目の色を変える。

「ちょ、ちょ～っとお待ちください。どうにかいたしましょう。……そうですね、Dランク冒険者と戦って、力を示してもらえないでしょうか？　戦いの記録を送り、本部と交渉したいと思います」

異例すぎるため、ある程度戦えないと本部は認めないだろうということで、Dランクとの戦いを提案するゴルドン。

「もし、本部が認めない時は、元Sランク二人が本部に殴り込みに行くと言っておいてくれ」

「もう、すぐ暴力で片付けようとするんですから……でももし認めないのであれば、私も殴り込みに行きましょうかね」

ノックスとオレールは本部に対していい印象がないので、これを機会に一発活を入れに行きたいと本心で思っている。

「ちょっと待って……気付かなかったがまさかオレールなのか？」

ゴルドンがオレールを見て目を丸くする。

戦いにより手足を失っていたはずのオレールが普通に歩いていること自体ありえない話で、しかも髪もバッサリ切って短くなっているため、ゴルドンは一切気付かなかったのだ。

「やっと気付いてくれましたかぁ。お久しぶりですギルドマスター。ヴェルトロ子爵様のおかげで完全に治ることができましたよ」

アレクが治したことは秘密なので、ヨゼフから薬を提供されたことにしている。

「ノックスに続いてお前も治ったとは……一体全体どうなっているんだか。それより、ブランクがあるから、復帰後はSランクには戻せない可能性があるが、いいのか？」

ゴルドンは戻したくても本部がお固いせいで認めてもらえない可能性が高いと考えている。

「私も一番下からで構いませんよ。ノックスも大丈夫ですよね」

「あぁ構わない。どうせすぐ上がるからな」

余裕の表情で答える二人。普通ならランクが下がること自体嫌がるものだが、すぐ上がる確信があるのだ。

「そうか。なら早速だが、アレクとDランクの模擬戦をさせてくれ」

冒険者登録をしに来たアレクだったが、まさかの現役冒険者と戦うこととなり、アレクはまたドーピングをしないといけないのかと思うのだった。

ゴルドンは応接室を出ると二階から大声で叫ぶ。

「Dランクの冒険者だけ聞いてくれ。少ないが謝礼を出すからヴェルトロ子爵家のアレク様と模擬戦をしてくれる奴はいないか？」

ゴルドンがそう言うと、一階にいた皆は顔を見合わせる。ランクの高い冒険者は何かあるのだろうと感じているが、ランクの低い冒険者達は貴族が偉そうに何か注文を付けたのだろうと変な勘繰りをしていた。

そして、一人の冒険者が名乗りを上げる。

「ギルドマスター、俺がやるっす。少しくらいなら怪我をさせても構わないんすよね？」

剣士らしい冒険者がニヤつきながらわざと聞いてくる。彼は偉そうな貴族の子息を痛めつけられると思っているのだ。

「あぁ、模擬戦の場合、死に至らしめる行為や致命傷になる怪我を負わせなければ問題ない。じゃあアッシュ、訓練場に移動してくれ。他の者はいきなり声をかけて済まなかった、仕事に戻ってくれ」

だがギルドにいたほとんどの者は訓練場に移動をする。このおもしろそうな一戦を観戦しようとしているのだ。

「アッシュとかいうガキ、気に入らないな。アレク坊、失格で構わないから一度お灸《きゅう》を据えてやれ。多分訓練場に行ったら俺の言っている意味が分かるだろう」

ノックスはアレクにニヤニヤした目つきを向ける。

（なるほど、俺にこらしめてほしいってことか……しかし、俺と相対する人はなぜ変わった人ばかりなんだろうか……）

アレクがそう思っていると、ゴルドンが声をかけてきた。

「アレク様、ここで力を見せつければ、変な奴らに絡まれることはなくなりますよ。そうすればこのギルド内だけでも平穏に過ごせると思います。俺の読み通りアイツが名乗りを上げた。アレク様、回復ができる攻撃は失格にはしないので、思う存分やってください」

そう、アッシュはギルド内でも不遜《ふそん》な態度を取る嫌われ者として有名で、ゴルドンはアッシュとアレクをぶつけてアッシュの鼻を明かしたいと思っていたのだった。

アレクはギルドマスターに利用されたような気もするから素直に喜べないが、ここで力を見せて有象無象を黙らせるのは得策だと思い直した。

それから、訓練場に移動をすると、観客席には大量の人が騒ぎながらまだかまだかと試合を待っていた。

アッシュを〈鑑定〉したところアレクの足元にも及ばない能力値だったので、強化薬で事足りると判断して攻撃・防御・素早さの強化薬を訓練場に行く間に飲む。

そして、ギルドマスターから模擬戦用の木で出来た剣を選んでくれと言われたので、短剣を選んだ。

「やっとかよ。おせぇな。だから貴族は嫌いなんだよ。それに、あんな監視役までギルドにはびこらせやがって何様なんだよ。仕舞いには模擬戦をさせろとか、俺ら冒険者を馬鹿にしやがって、一生ここに来られないようにしてやるよ」

「すみませんが、短剣の握り具合いとかを確認していて話を聞いていませんでした。もう一度お願いします」

アレクがわざと挑発すると、観客席にいる冒険者から笑いが起こる。それを聞いたアッシュは顔を真っ赤にして茹《ゆ》でダコ状態になっている。

「おいクソガキ、いい加減にしろよ。絶対お前を許さねぇからな」

「さっきから、ひどい言葉遣いですが、俺は一応貴族の子息なんですよね……ゴルドンさん試合始めてください」

ひどい言葉遣いをされたため、わざわざ何かをしようと考えているわけではないが、あえて伝えてみる。アッシュの顔はさらに怒りで歪んでいった。

「それでは模擬戦を始める。回復が見込めない致命傷や死に至らしめる行為は禁止とする。では始め！」

ゴルドンの合図と同時に襲いかかってくるアッシュ。だが、普段ノックスやパスクと訓練をしていたアレクからすると、攻撃はお粗末なものだった。

そして、強化薬と武功と《身体強化《フィジカルエンハンス》》を使っているアレクは難なく攻撃をかわし続けるのだ。

「逃げてないで、正々堂々と戦え！　クソ！　なんで当たらないんだ」

正々堂々と戦っているにもかかわらず、思い通りにいかないアッシュからよく分からないことを言われる。

「じゃあそろそろこっちも攻撃しましょうかね」

その直後、上段から斬りかかってきた木剣をいとも簡単に殴ってへし折るアレク。そして、アッシュには見えないスピードで、手足を木剣で殴るように斬りつける。

最後に蹴り飛ばすと、アッシュは凄い勢いで訓練場の地面に打ち付けられながら回転して壁にぶつかった。

アレクは、やりすぎて死んでないよな？　それにしても、弱すぎないか？　と感じてしまう。

「せ、戦闘不能により、アレク様の勝利！」

すぐさまゴルドンが勝利宣言をする。

アレクからするとこのあとに、手足を折るなど色々やろうとしていたので、もの足りずにいた。相手があまりにも弱すぎてすぐ終わってしまった。

観客席にいる冒険者は口を半開きにして驚いている。ゴルドンはまだ正気を保っているが驚きを隠せず戸惑っていた。そこに、ニーナがやってくる。

「マスター！　何をやっているのですか？　ちょっと、早くあそこで倒れている冒険者を運び出して！　大怪我をしているじゃないの！　マスター、それにアレク様、あとでどういうことかちゃんと話は聞かせてもらいますからね」

ニーナは背後に黒い影が見えるほど怒っている。ランクの高い冒険者はいち早く去ろうと立ち上がる者と、ニーナに怒られないようにアッシュを運び出す者に一瞬で分かれる。流石、上位ランクの冒険者達である。

アレクとゴルドンは逃げられないと悟り、なぜか分からないが謝らないといけない雰囲気が漂い、思わず二人同時に謝るのであった。

「「すいませんでしたぁぁぁ！」」

模擬戦が終わり、アレクは何があったのかニーナに経緯を説明した。

全てを聞いたニーナはとても怒っていた。

「ことの発端は分かりました。なぜマスターは毎回毎回勝手にことを進めるのですか……私が商業ギルドから戻るまで待てなかったのですか？」

ニーナがゴルドンを睨むと、ゴルドンは小さく震えた。

「それに、アレク様の冒険者登録に関しては特例措置申請書を提出してもらえば可能です。一ヶ月前に本部から通達が来たはずですが、ギルドマスターはお読みにならなかったのですか？」

ニーナは、以前訓練場を使う契約を結んだ時からアレクを冒険者にすることはできないかと思い、本部に問い合わせをしていたのだ。

「それに、アレク様はまだ冒険者ではないんですよ。お強いからよかったですが、もしアレク様に怪我でもあったらどうするのですか？　アレク様も、ギルドで問題が起きないよう契約をしたのに自ら問題を起こしてどうするのですか？」

ニーナに叱責され、アレクは反省せずにはいられない。

「そこの三人も同罪ですからね！　大の大人が三人もいて誰もお止めにならないとはバカなのですか⁉」

ついに矛先はノックス、パスク、オレールにも向かう。これでもかと正論を述べるニーナに、大の大人三人とアレクはタジタジになる。何も言い返すことができない。

「ハァ……なぜ誰も返事をしないのですか？　私が間違っていますか？」

アレクはゴルドンが答えるものだと思っていたが、まさかのノックスが返答をする。

「ニーナは何一つ間違っていないな。特例措置申請書の存在を知らなかったとはいえ、問題を起こさないように騎士団を配置して契約を結んだにもかかわらず、騒ぎを起こしたのはすまなかった。今後はもう少し考えて行動をするから、特例措置申請書について教えてくれないか？」

ノックスは非を認めて謝罪しながらも、話を進めるように特例措置申請書についても質問する。

素直に謝罪されたのと、特例措置申請書についてノックス達が知らなかったことに気付いて、ニーナも顔を赤くして少し言いすぎたと反省するのであった。

「ノックス様、大変お見苦しいところを見せてしまい申し訳ございませんでした。分かっていただけたなら私はいいのです。私こそ言いすぎてしまい申し訳ありません」

ニーナはそこで一度頭を下げる。顔を上げたニーナは再び口を開き、特例措置申請書についての説明を始めた。

「特例措置とは貴族または貴族が認めた者を対象に、十歳以上で、協調性がある人物であること、ゴブリンを一人で倒せることを条件に、冒険者として認める措置です。試験として、ギルドが認めた一パーティーと同行してもらい、特例に値する人物かを精査します」

アレクとノックスとパスクとオレールは、ちゃんとした審査基準があるじゃないかとゴルドンを睨みつける。ゴルドンは小さく縮こまってしまった。

「アレク坊、すぐ手配してもらって試験を受けるか？」

「そうですね。ニーナさん、すみませんが手配してもらえませんか？」

「分かりました。近日中に手配をしまして、屋敷に日程のご連絡をいたします。それから、マスター！　あなたには数日間、ギルドに関わる勉強をしてもらいますからね。分かりましたか？」

近日中に手配をしてくれることを聞いて、アレクはこれからはニーナに色々聞きに来ようと思う。

ゴルドンは今回の件や今までの行いからか、教養を身に着けるよう指導されることになった。少しくらいはまともなギルドマスターになってくれるよう願うアレク達である。

「はい……全面的に従います。申し訳ございません」

「ゴルドンは今すぐ特例措置についての資料を覚えてください。ちょっと待ってくださいね……えっとアレク様はここに名前を書いてください」

ニーナは頼りにならないゴルドンをもはや呼び捨てにしてそう言った。

特例措置申請書の内容を読んでみても、特段変なところはないので、アレクは素直に従って記入する。

「これで、大丈夫ですか？」

「う～ん……大丈夫そうですね。すぐに手配します」

アレク達は申請を終えて、縮こまりながら資料を読み漁るゴルドンを尻目に、部屋から出て行くのだった。

◆　◇　◆

ギルドでの一件から数日後、その日のセバンの授業が終わると、アレクはセバンから執務室に行くように言われた。そうして現在、やってきた執務室で、アレクはヨゼフと対面している。

「わざわざ来てもらってすまんのぅ。三日後にまた王都に向かうことになったのじゃが、騎士団の回復ポーションと強化薬を作ってくれんかのぅ？」

「もしかして、お父さん陸爵されるの？　それから、ポーション類は任せてよ。いくつ必要なの？」

「伯爵になるらしいのじゃ。これも全てアレクのおかげじゃわい。この袋に金貨五十枚入っておるから、それに見合う数を頼めんか？　正直、アレクしか作れんから値段が分からんのじゃよ」

アレクの作る薬の価値は、市場に出回れば金貨五十枚では足りない。だがアレクからすると、親の命の方が大切なので人数の倍は最低作ろうと考えていた。

「陸爵おめでとうございます。俺の力ではなく、父上の今までの努力や行いの成果ですよ」

それを聞いたヨゼフは涙を浮かべてアレクを抱きしめる。

「なんとできた子なのじゃ。ワシは幸せ者じゃわい。おっと、言い忘れるところじゃった。ニーナから、五日後に試験をするから二度目の鐘が鳴る頃に来てくれとのことじゃわい」

ちなみに、鐘は六時と九時と十二時と十五時と十八時に鳴るように設定されている。二度目なので朝の九時に行けばいいということだ。

「分かったよ。無事冒険者になってくるからね」

「冒険者なったら盛大に祝わないといけないのう。王都から帰ったらパーティーじゃわい」

冒険者になるだけでパーティーは恥ずかしいと思うアレクだったが、嬉しそうに言うヨゼフに嫌ですとは言えないのである。

「はい！　楽しみにしています」

その後、ヨゼフと少し雑談して、執務室を出た。

◆　◇　◆

執務室での会話のあと、アレクには行きたい場所があり、セバンとナタリーを連れて向かっている。

「アレク様、どこに向かうのですか？」

何も聞かされず、ただ付いてきてと言われたナタリーが気になって聞いてくる。

「前々から教会に行きたかったんだよ。祈りを捧げるのは大事でしょ？　あと、ナタリーにはこれからも専属でいてほしいから、伯爵家の時に払われなかった給金を受け取って。馬車の中で悪いけど……」

やっとまとまったお金ができたので、ナタリーにまとめて渡した。

「教会は分かりましたが、これは貰いすぎです！　こんな大金頂けませんよ」

ナタリーは袋を開いた瞬間、金貨の山が見えて焦る。

「これからも専属でいてほしいし、これまで支えてくれたお礼……いや、これからも支えてもらうための依頼料ってところかな？　だから受け取って。う～ん……ナタリー、受け取りなさい！　これは命令だ」

アレクは普通に言っても受け取りそうもなかったので、命令をする。

「うぅ～そう言われたら断れませんよ……アレク様がどんどん立派になられていく様子をこれからも陰ながら支えていきますね」

「うん、よろしく頼むよ。それとセバン、俺が教会で祈っている間、ナタリーの警護を頼んだよ」

「はい、お任せください！　アレク様」

ナタリーとアレクの様子を笑顔で見つめていたセバンが答える。

そのようなやり取りをしていると教会に着いた。

馬車から降りて教会を見ると、外観は地球にあった教会とよく似ていた。

中に入るとすぐ礼拝堂ではなく、広間のような広い空間になっている。その広間を見渡していると、司祭らしき人が近付いてきて話しかけてくる。

「アレク様、ようこそいらっしゃいました。本日はどのようなご用件でしょうか？」

アレクの存在はお披露目パレードをしたおかげで認識されているようだ。少し恥ずかしいが、子供だからと無下に追い返されるよりはいいかと思うアレク。

「祈りを捧げに来ました。こちらをお受け取りください」

アレクはお布施の入った袋を司祭に渡す。

「これはこれは。アレク様に神のご加護があらんことを。さぁ、こちらになりますので付いてきてください」

司祭のあとを付いていくと、女神の像が置いてある礼拝堂に着いた。

だが女神像はアレクが転生時に会ったアリーシャという女神とは全くの別人だった。アレクはよくあるイメージ像なのだろうと思う。

「アレク様、それでは私は失礼いたします」

司祭はそのまま礼拝堂をあとにする。アレクは祈りの作法など知らないので、とりあえず両膝を地面に突いて、両手を胸の前で合わせる祈りのポーズを取り、目を瞑る。

「女神様、無事に転生をして、こうして訪れ……う～ん……」

祈りの途中で、アレクの意識が途絶えた。


目を開けると、転生時に訪れたような空間にいた。

「あら？　珍しいわね。アナタは誰かしら？」

透き通った声のする方向を見ると、礼拝堂にあった女神像そっくり……いやそれよりも綺麗な女性がいた。

「えっと……教会で祈りを捧げていたら、知らず知らずのうちに、ここに来てしまいました」

「あら？　そうなの？　ん〜？　ここに来られるのは転生者だけのはずなのに不思議だわ。ここ数百年、転生者を送り出した記憶も記録もないのよね」

それを聞いたアレクは頭がハテナマークでいっぱいになる。

「俺は前世、高橋渉として死に、死にかけているアレクという体に転生しました。転生してくれた女神様はアリーシャ様という方だったのですが……アリーシャ様とはこの教会では会えないのでしょうか？」

女神に対して隠す必要もないので、全てを話す。目の前の女神は顎《あご》に手をやり考えている。

「アリーシャ？　聞いたことないわね。本当にアリーシャと言ったのかしら？」

「はい、確実にアリーシャ様とおっしゃっていました。あなたと同じで凄く綺麗な方でしたよ」

「フフッ。お世辞がうまいのね。それよりも、転生者の記録もアリーシャという女神もいないのよ。

私はイーリアというのだけど、転生者の対応は全て私がすることになっているの。だから、アナタはイレギュラー。まぁだからと言って、存在を消したりはしないわ。邪《よこしま》なオーラもないし、この世界に来てからの記憶を覗いても悪いことはしていないようだしね」

イーリア曰く、アレクが誰によって転生されたのかは謎のようだ。アレクも、思ってもみなかった答えだったので戸惑ってしまう。

「それより、早急にアリーシャが誰なのか調べないといけないわ。また数日後に来てちょうだい。あ！　そろそろ、精神力の限界がくるわ。また会いましょうね」

その声を最後に、女神は消え、アレクの意識が遠ざかる。

◆　◇　◆

アレクは女神アリーシャと初めて出会った時の夢を見ていた。

また死んだのかなどと軽い気持ちでいると、笑顔で微笑んでいたアリーシャの顔が突然口が裂けて目は真っ赤になり、この世の者とは思えない化け物に変わっていく。驚いたアレクは大声を出して目を覚ます。

そこはヴェルトロ家の屋敷の一室、アレクの部屋のベッドの上だった。

「うわぁぁぁ！　ハァハァハァ……夢か。それにしてもリアルな夢だったな……あれ？　なんで俺の部屋にいるんだ？」

そんなことを言っていると、ドタドタと走ってくる音が聞こえて、ノックもなしにドアが開く。

「アレク様、大丈夫ですか!?」

セバンとナタリーが慌てた表情で聞いてくる。目を覚ます時に発したアレクの大声が聞こえて、何かあったのではと駆けつけたのだ。

「セバンとナタリー、おはよう。そして、ごめんなさい。悪夢を見てしまって思わず声を出してしまいました」

「それなら、よかったです。アレク様は教会で祈りを捧げたあと、意識を失われたのです。とても心配したのですよ」

ナタリーは胸に手を当てて安堵する。セバンが優しくナタリーの肩に手を乗せて、「無事でよかったですね」と声をかける。

「それよりも、私とナタリーが待っている間に、何が起こったのですか？」

「まずは心配をかけてごめんなさい。それから、説明が難しいんだけど、伯爵家を追放されてからこの家に来る前に、ナタリーに話したことから話すよ。でも、当分はセバンとナタリーの胸の内にしまっておいてくれないかな？　まだよく分かっていなくて」

面倒なことに巻き込まれたくないアレクは、秘密にするようお願いする。

「私はいつでもアレク様の味方ですから、いいと言うまで話しません」

「私も、若返らせてもらった恩がありますから、絶対に秘密にいたします」

ナタリーとセバンから同意が得られたので、話し始める。

「今から話すことは信じられない出来事だから無理に信用する必要はないからね。まず、俺は転生者なんだ。魔法もない別世界で三十七歳の時に亡くなり、アリーシャ様という女神様にスキルを貰って、死にかけているアレクに転生させてもらった。……ここまでは大丈夫かな？」

ナタリーは知っていたので平然としているが、セバンは驚きの表情を浮かべる。

「そういうことでしたか。時折お見せになる大人のような振る舞いは、転生者だったからなのですね。やっと、違和感の原因が分かりましたよ」

以前、バトラーと話していた疑問が解消されて、セバンは驚きながらも納得する。

「続きだけど、昨日教会で祈りを捧げていたら、女神様のいる空間に飛ばされたんだ。でも、そこで出会えたのはアリーシャ様ではなく、イーリア様って方だったんだ」

アレクは呆然とする二人を見て、一度話を止める。そして、深呼吸してから話を再開した。

「しかも、イーリア様が転生者を管理しているらしくて、俺を転生させた記録もないし、そもそもアリーシャという女神は存在しないと言っていた。そこで、イーリア様がアリーシャとは誰なのかを調べると言ったあと、俺は意識が途絶えたんだよ。向こうの空間に行くには精神力をかなり削るみたいでさ」

思ってもみなかった答えが返ってきたので、セバンもナタリーも呆然としたままでいる。

しばらくして、セバンが我に返って口を開く。

「まさか、そんなことがあるとは……それはおいそれと話せる内容ではございませんね。それにしても、アリーシャと名乗りアレク様を復活させた人物とは一体誰なのでしょうかね？　謎が深まるばかりです」

「え？　信用してくれるの？　普通は子供が何を言っているの？　ってならない？」

セバンの一切疑う素振《そぶ》りのない返答に驚く。

「アレク様がそのような嘘をつく方ではないと知っておりますので。それに、アレク様のありえないスキルを目の当たりにすると色々信じざるを得ないですね」

ここでナタリーも話し出す。

「私はアレク様を信用しますよ。専属メイドとして当たり前じゃないですか！　私はいつでもアレク様の味方ですからね」

ナタリーはフンフンと鼻を鳴らす声が聞こえるくらいの勢いで言ってくる。

「二人ともありがとう。こんな気持ちになったのは久しぶりだよ。あ！　セバン、父上と母上に、起きた旨を伝えに行ってくれないかな？」

「かしこまりました。すぐに、お伝えして参ります」

部屋にやってきた二人はいつも通り、泣きながらカリーネはアレクに抱きついてくる。ヨゼフも、心配しながら抱きしめてきて、気恥ずかしいがアレクは幸せな気分になるのだった。

◆　◇　◆

アレクが教会で倒れて、セバンとナタリーに秘密を打ち明けてから三日が経った。

特別措置の試験がある当日を迎えて、アレクは冒険者ギルドに向かう。

今回試験を受けるのはアレク一人だけなので、道中の護衛としてはパスクだけが付いてきている。

ちなみに、教会へはまだ足を運んでおらず、冒険者になったら行こうと考えていた。倒れたせいで、カリーネに外出を認めてもらえなかったのが大きな理由である。

「アレク様、体調は大丈夫ですか？」

「問題ないよ。王都に行ったりしたから色々疲れが出たのかもね。薬も飲んで体調は万全だから」

アレクは精神力を回復する薬や体力を回復させる薬などを数日間服用しており、倒れる前より調子がいい。

「それならよかったです。試験、必ず合格してくださいね。アレク様との冒険楽しみにしていますから」

それからしばらく馬車に揺られて冒険者ギルドに着く。

今回はアレクの試験なので、アレクが扉を開けてパスクは後ろで控えて護衛をしている。入り口にいる騎士団が、アレクを見つけてすぐさま胸に手を当て敬礼する。アレクは「お疲れ様」と声をかけて受付に向かう。

「『金髪の破壊者』が来たぞ」

「どいつだ？　ってマジで子供じゃねぇか！」

「カワイイ顔して破壊者なんて、お姉さんそそられるわ」

「あれがアッシュを瞬殺した『金髪の破壊者』か」

受付に向かうまでに、何度か『金髪の破壊者』という言葉が聞こえてきた。

「アレク様、まだ冒険者になっていないにもかかわらず、二つ名があるのですね。素晴らしいです」

「あんな物騒な二つ名いらないよ。破壊者ってなに？　俺、いつなにを破壊したの？」

物騒すぎる二つ名にアレクは不満がある。しかし一度付いた二つ名は広まる一方で消すことはできない。

「二つ名は称号ですから、素直に受け取った方がいいですよ。まぁ、自分が望む二つ名になることは滅多にありませんし、今度ノックス様とオレール様にも二つ名があるか聞いてみたらいいと思いますよ」

「いつか、望む二つ名にしてやる！　……望む二つ名なんか今はないんだけどね。それより、二人の二つ名、気になるね。聞いてみるよ」

アレクの言葉を受けて、パスクは複雑な表情を浮かべながら考える。

（そうは言ったものの、あの二人が簡単に二つ名を教えてくれるだろうか……）

そう思いながらパスクはアレクとギルドの中を進み、受付の前に着いた。

「すみません。特別措置の件で来ました。試験に同行する冒険者さんはどこにいますか？」

アレクは受付嬢に尋ねる。特別措置で通じるのか分からないが、仕事のできるニーナのことだからギルド中に通達してくれているだろうと考えたのだ。

「アレク様、わざわざお越しいただきありがとうございます。特別措置の件はサブギルドマスターのニーナが担当になっていますので、二階へお越しください。ご案内いたします」

「次来る時は冒険者として訪れますので、俺にそんな丁寧な口調は必要ありません。他の冒険者と同じように扱ってください」

アレクは冒険者をする時くらいは貴族ではなく、普通の少年として接してほしいと思う。

「え？　分かりました。私はミアと言います。よろしくお願いします」

「こちらこそ、よろしくお願いします」

ミアは小声で「優しい貴族様でよかった」と言う。

なぜミアがそう思ったかと言うと、アレクは忘れているが、アレクが最初にギルドに来てに絡んできた冒険者を完膚《かんぷ》なきまでに叩きのめした時に受付していたのもミアで、先日のアッシュの件の時にも現場にいたのだ。そのため、アレクに対して怖い子という印象を持っている。

二階に上がり、ミアは応接室の扉をノックする。

「アレク様をお連れいたしました」

「どうぞ」

応接室の中からニーナの声が聞こえる。

ミアが扉を開け、アレクとパスクは応接室へ入っていく。

ミアは中に入らず、頭を下げて受付の仕事に戻った。

「アレク様、ご無沙汰しております。早速ですが試験に同行するAランク冒険者の『疾風迅雷《しっぷうじんらい》』の皆様です」

『疾風迅雷』のメンバーは、頬に十字の傷がある三十代くらいの剣士の男と、盾を背中に背負った短髪の三十代くらいの男、大きな斧を持った筋肉質の女、魔法使いの格好をした女の四人組であった。

「よろしくな坊主。俺はリーダーのカイだ」

「よろしくお願いします。アレクと言います」

頬に傷がある人がどうやらリーダーらしい。

アレクはわざわざ握手を求めてきてくれる辺りに、好感が持てるな思う。

「ワシは盾職を務めるガードナーだ。よろしく頼む」

「魔物が大量に現れてもオレ様の斧で瞬殺してやるよ。ボナだ。よろしくな」

「カワイイ坊や、私は魔法使いのシェリーよ。よろしくね」

「皆さん、よろしくお願いします」

一通り挨拶を終えたアレク達は、ニーナの方を見る。

「挨拶も終わったようね。じゃあ、『疾風迅雷』の皆さんは道中でアレク様に説明をお願いね。アレク様は危なくなったらすぐ『疾風迅雷』の皆さんの言うことを聞いてくださいね」

「ニーナさん、俺が冒険者になったら、様付けはやめてもらえませんか？　一人の冒険者として扱ってください」

それを聞いた『疾風迅雷』のメンバーは、普通の偉そうな貴族のボンボンとは違うなと感じる。

「フフッ、分かったわ。じゃあ絶対に冒険者になるのよ。サブギルドマスターとして優秀な人材は常に欲しているからいつでも大歓迎よ」

「はい！　では行ってきます」

「アレク様、ニーナ様におおよその時間を聞いてまた迎えにきます。頑張ってくださいね」

パスクが激励をし、アレクはそれを聞いて「うん。頑張ってくるよ」と返す。

アレクは男勝りなボナに背中を叩かれて「ほら行くぞ」と言われ、応接室をあとにするのだった。

◆　◇　◆

『疾風迅雷』のメンバーと森へと続く街道まで歩いてきたアレク一行。

なぜ馬車を使わないかというと、下位の冒険者はお金もなく馬車に乗る余裕もないため、それを体験させたかったからだ。

今回の試験内容は『疾風迅雷』のメンバーが先頭に立ってゴブリンを見つけ、戦闘になった段階でアレクに代わり、アレクがゴブリンを倒すことができれば合格とのことだ。

アレクには伝えられていないが、道中の発言や自分本位な行動をしない人間かもしっかりと見られている。

「応接室で坊主の後ろに控えていた奴は誰なんだ？　あいつ、相当強いだろう？」

「オレ様も気になったね。一度手合わせしてみてぇな」

カイがパスクのことを聞くと、ボナが同意しつつそう言う。

「仲間が欲しくて奴隷商で見つけました。戦争奴隷らしいです。てっきり、〈鑑定〉で見ていると思いましたよ」

アレクは、Ａランク冒険者なら誰かしら、〈鑑定〉のスキル持ちがいて、確認してるものだと思っていた。

「俺達は敵対行動を取る相手以外には極力〈鑑定〉は使わないようにしている。見られて嬉しいものじゃないだろう？　もし、坊主が貴重なスキルを持っているなら、隠蔽《いんぺい》効果が付与されたアイテムをすぐ買うべきだな。無闇やたらに覗き見る輩もいるからな」

「そうよ。私をもし鑑定しようとしたら股間を蹴り上げてやるわ。乙女の秘密を覗いたら死刑ものよ」

シェリーの一言に、男連中は自然と股間を押さえる。

自分も〈鑑定〉で見られるということがすっかり頭から抜けていたアレクは、帰ったらすぐに隠蔽のアイテムを買いに行こうと決意した。

「ワシらは任務中だったが、その時にアッシュをボコボコにしたらしいじゃないか。あいつはあれからずっとギルドには来ていないそうだ。もし、仕返しを狙って何かされたのなら、すぐにワシに言うんだぞ」

ガードナーは盾職らしく、誰かを守ることを第一に考えている人物で、アレクは頼もしいと感じた。

「はい！　ありがとうございます。その時はよろしくお願いします」

「そろそろ森に入るから、無駄な私語は終わりだ。俺とガードナーが先頭に立つ。シェリーはアレクと真ん中にいて、いつでもバフをかけられるようにしておいてくれ。ボナは後方から来る敵をなぎ倒してくれ」

全員が「了解」と返事をする。

バフとは、自分や他人の、攻撃力や防御力、体力回復力、素早さなどを上昇させる魔法効果のことである。

アレクは初めて冒険者らしい指示を出すところを見て興奮する。そして無駄のない陣形指示と指示通り動く『疾風迅雷』の面々に感銘《かんめい》を受けた。

森に入ってからは一切喋らなくなった『疾風迅雷』から緊張感が伝わり、アレクの額から一筋の汗が流れる。

「止まれ」

小声で止まるよう指示を出すカイ。

「坊主、あそこに四体のゴブリンがいる。殺《や》れそうか？」

カイが指を差したところに、アレクが前世の異世界モノでよく見ていた、汚い腰布を付けたゴブリンがいた。

「はい、倒せます。でも、もし危ないと感じたら割って入ってください。お願いします」

「あぁ、任せろ。じゃあまずは坊主が思うようにやってみろ」

アレクは今回は薬を使わずに武功と魔法だけで戦おうと決めた。

「行きます。《風刃《ウインドカッター》》」

ゴブリンが気付く前に、アレクは《風刃《ウインドカッター》》で一匹のゴブリンの首を刎ね飛ばす。

その直後、仲間が殺《や》られたことでゴブリンは臨戦態勢を取ろうとするが、アレクは一瞬で近付き、短剣でもう一匹の首を落とす。

続いてアレクは体を回転させて地面を蹴り、近くにいたゴブリンを短剣で斬りつけた。

避けきれずに胸に深い傷を負ったゴブリンを見て、生き残りのゴブリンがアレク目掛けて棍棒を振り下ろしてくる。

しかしアレクは体を捻って避けて、棍棒を振りかざしてきたゴブリンを蹴り飛ばした。

斬りつけたゴブリンと蹴り飛ばしたゴブリンが動かないことをアレクがその場で確認していると、後ろから叫ぶ声が聞こえる。

「坊主、トドメを刺せ。まだ終わりじゃないぞ」

アレクはカイの声を聞いて、胸に深い傷を負ったゴブリンと蹴り飛ばしたゴブリンの首を刎ねる。

すると、カイが満足気に口を開いた。

「見事だった。だが、殺《や》ったと思っても確実にトドメを刺せ！　もし生きていたら、無駄な負傷をするし、最悪、仲間を失う恐れがあるからな」

「はい！　気を付けます」

アレクは確かにカイの言う通りだと思い反省する。

「分かってくれたらいい。あとはゴブリンの魔石を回収したら任務終了だ」

カイから魔石の位置と取り出し方を教わった。

(それにしても、ゴブリンは臭いな……二度と倒したくない相手だ)

アレクは返り血で汚れた手を見ながら、そんなことを思う。

「それにしてもやるじゃねぇか！　仲間がいなきゃ『疾風迅雷』に誘って育て上げたのによ」

ボナは斧を担ぎ上げながら、男勝りな口調で話す。

「そうね。坊やみたいな可愛い子なら大歓迎だわ。今からでもうちに来ない？」

「すみません……師匠もいますし、仲間と冒険すると決めたので」

「それは残念ね。でも、十歳であれだけの動きができるなら師匠は凄い方なんでしょうね。ちなみに師匠って、うちのギルマスとか言わないわよね？」

どうしてあんな脳筋のハゲ散らかしたおじさんを好き好んで師匠って呼ばなきゃいけないのだと思ったアレクは、首を横に振って否定する。

「違いますよ！　ヴェルトロ子爵家で元団長をしていたノックス師匠です」

それを聞いた面々は一瞬固まり、全員が「え!?　ノックス様!?」と叫び、一瞬の沈黙が流れる。

そして『疾風迅雷』のメンバーがおずおずと口を開き始めた。

「坊主……本当に元Sランク冒険者のノックス様が師匠なのか？」

「そうよ。嘘じゃないの!?　お姉さんに本当のことを話すのよ」

カイとシェリーがそう言い、他のメンバーもグイグイと顔を近付けてくる。

アレクは師匠がかなりの有名人だったことに驚きつつ、動揺を見せないように答える。

「本当ですよ。元Sランク級のノックス師匠です。今は足も治りましたよ。師匠を知っているのですか？」

また一斉に「足が治った!?」と口を揃えて言う『疾風迅雷』のメンバー。

アレクは本当に賑やかな人達だなと思う。

「はい。行商人から欠損を治す薬を買いまして、治すことができたんですよ」

「そうだったのか……本当によかった……なんというか、色々驚いて悪かった。ノックス様はなかなか芽が出ない俺達に色々教えてくれて、面倒を見てくれた人なんだ。歳もあまり変わらないのにできた人だよ。あの人は」

昔あったことを思い出しながら語るカイ。それを聞いた『疾風迅雷』のメンバーは頷きながら同意している。

アレクはノックスのAランク冒険者を育て上げる手腕に内心脱帽した。

「そんなことがあったのですね。俺が冒険者になったら師匠もパーティーメンバーなのでいつでも会えますよ。それに、オレールさんもパーティーメンバーです」

『疾風迅雷』のメンバーは「え〜オレール様まで……」と先ほどと同じような反応をする。衝撃の事実だったのか、そのあとポカーンとなり、それから少しして我に返った。

「悪い……ノックス様が仲間であること以上に驚くことはないと思っていたが、まだ驚かされることがあるとはな。オレール様も、俺達にとっては……というよりはシェリーにとって憧れであり、師匠のような存在だろう。同じ魔法使いとして」

カイにそう言われたアレクがシェリーを見ると、彼女は涙を流して喜んでいた。それを見ているとよほど特別な存在だったことがうかがえる。

「よかったわ。オレール様が冒険者に戻れて……本当によかったわ。見たこともない魔物にやられたと聞いていた時は心臓が止まるかと思ったもの」

ノックスとオレールが交戦した悪魔ルシファーの存在は、ギルド本部と国王と宰相しか知らない。だから一般的には魔物にやられたことになっている。

「オレールさんも、欠損した足や腕が治っていますよ。それより、まだ森の中ですが辺りを警戒しなくて大丈夫ですか？」

それを聞いたカイはハッとして指示を出す。

「そうだな。あまりのことに、周りが見えなくなっていたようだ。皆、来た時と同じ陣形で戻るぞ」

指示されて、サッと動く『疾風迅雷』のメンバー達。

そのまま周りを警戒しながら進むと、狼のような魔物が出てきてボナとカイが瞬殺する。

その後はゴブリンやら同じ狼の魔物が出たくらいで、無事に街道に戻ってくることができた。

するとボナがアレクの背中を叩く。

「坊主、もの足りなさそうな顔をしているじゃねぇか！　あの辺はFランクやEランクが薬草を採る場だから、弱い魔物しか出ねぇよ。ちらほらなりたての冒険者みたいなのがいただろう？」

ボナにそう言われ、アレクは気付かないうちにそんな顔をしていたのかと思う。

「そうですね。もっと強い魔物が出てきてほしいなと、心のどこかで思っていたと思います」

「ガハハハ！　オレもなりたてはそうだったから気にすることたねぇよ。だが、その考えで死を招いた事例が山ほどあるんだ。自分は強いって勘違いした奴が森深く入って帰ってこねぇとかな。まぁ自分を過信しすぎた行動はするなってことだな！」

ボナは過去に経験した、後輩冒険者の末路を思い出しながら語る。

「あとは面倒くせぇ依頼もこなせば、それなりの知識となって後々自分の助けとなって返ってくる。まぁ、今は分からないにしても、ノックス様やオレール様の言うことを聞いて行動してりゃいつか分かるようになるだろうさ」

ボナは女性にしては筋肉質で乱暴そうな見た目や口調をしているが、かなり面倒見がいい姐《あね》さん気質だった。

「ボナさん、ありがとうございます。ちょっと気が緩んでいたのかもしれません。自分自身で誇れるような冒険者になれるように努力します」

「おう。早く上へ上がってこい！　一緒に依頼をこなしに行こうじゃねぇか」

斧を担ぎながらニカッと笑うボナを、アレクはカッコいいなと思う。

「その時はワシも行くからな」

ガードナーのその言葉を聞いたカイとシェリーも、一緒に冒険したいと言ってくれた。

最初に知り合えたのがこんないい人達でよかったなと思うアレクだった。

それから、色々話し込むうち、気付いたら冒険者ギルドに戻ってきていた。

朝と違い、依頼に出ているせいか、冒険者の数はちらほらしか見受けられない。

カイは受付に向かい、ミアに話しかける。

「ミア、ニーナはいるか？」

「無事戻られて何よりです。はい！　二階の執務室でお待ちです。そのままお通しするように言われています」

「分かった。ありがとう」

カイはそう言うと二階に上がっていく。アレクはそれに付いていく。

「カイだ。戻ったぞ」

カイは扉をノックしてからそう言った。

「入ってきてちょうだい」

ニーナの許可が出たので、ドアを開けて入っていくアレクと『疾風迅雷』のメンバー達。

「お疲れ様。無事でよかったわ。それより、早速なのだけど、正直アレクくんは冒険者に相応《ふさわ》しいかしら？」

「戦闘センスに判断力、それに協調性や柔軟な思考。どれをとっても十歳の域《いき》を超えている。Eランクからスタートさせても問題ない人材だ。反省点もあったが、は本人に伝えてあるから、坊主なら反省を活かして同じ失敗はしないだろう。文句なしの合格だな」

「フフッ。アレクくん、よかったわね。今日からあなたも冒険者であり、私達の仲間よ。これがアレクくんの冒険者証だからなくさないように。再発行には銀貨五枚かかるからね。それから、規則だから許してほしいのだけど、Ｆランクからのスタートになるわ。依頼の掲示板は下にあるから、分からなかったら、受付嬢に聞いてみてね。それから、アレクくん、おめでとう」

後日通達が来るものだと思っていたアレクは、まさかこんな早く結果が出ると思っていなかったため驚く。

「よかったなアレク。おめでとうだ」

「ワシは初めからなれると思っていた。おめでとう」

「坊や、よかったわね。おめでとう」

「これで俺様達と同じ冒険者だ。おめでとうな」

全員がそれぞれの言葉で祝福をしてくれる。アレクは思わず涙を流して喜ぶ。

「皆さん、ありがとうございます。立派な冒険者になって、『疾風迅雷』の皆さんと一緒に依頼を受けられるように頑張ります」

カイとボナから肩を叩かれて「頑張れ」と言われる。シェリーは母性をくすぐられたのか抱きしめる。

「ダメだわ。坊やの泣いている姿を見たら抱きしめてあげたくなっちゃったわ。よしよし、いい子ね」

アレクは恥ずかしさのあまり顔を真っ赤にする。それを見ていた皆はシェリーの意外な一面とアレクの恥ずかしがる姿に大笑いするのであった。

◆　◇　◆

女神イーリアは、先日のアレクとの会話で出てきたアリーシャなる女神が誰なのかを探っていた。

だが、仲間の女神に尋ねても有力な情報は出ない。

そこで、イーリア達女神を生み出し、この世界を開闢《かいびゃく》した創造神に直接尋ねようと、創造神が住まう場所を訪れていた。

そこは神聖さを感じさせる湖畔《こはん》に、不釣り合いなロッジがポツンと建っている場所だ。

「ん？　イーリア、久しいの～。ワシを訪ねてくるとは、下界で何かあったようじゃな？」

長い白髪頭に長い顎髭の創造神がロッジ——自身の家の前にある湖で釣りをしていた。

「本当であれば、私などがおいそれと創造神様の住まう領域を訪れるなどおこがましいのですが……創造神様に頼るほかないと思い、お訪ねいたしました」

慌てるイーリアとは対照的に、創造神は椅子に腰掛けて優雅に釣りをしながら話を聞く。

「なんじゃ？　申してみよ」

「はい！　では早速ですが……アリーシャという女神をご存知でしょうか？」

創造神は顎に手をやり何やら考えている。

「アリーシャ……アリーシャ……おおそうじゃ！　普段は生前の名で呼んどるから気付かなかったが、ワシが女神にして、今は一緒に暮らしておる。子供も一緒にじゃ」

思ってもみない答えが返ってきて、イーリアは目を見開いて驚く。

「創造神様……まさか、ご結婚されたのですか？　しかも子供まで……」

「違うわい！　何を勘違いしておるか！　アレクの母親であるソフィーと、渉の魂が入る前のアレクが不遇な死を遂げた時、二人の魂がたまたまここに来たんじゃ。それで、神見習いとして神体を授けてやったんじゃ。ソフィーはアリーシャ、アレクはヒルコと名前を変えて、今は家族仲良くここで暮らしておる」

神体とは、創造神が女神や神に与える体のことだ。神体に魂が宿ることで、神としての活動が可能になる。

「そうだったのですね。渉さんの前に現れたのは、アレクくんの母親だったというわけですか。なぜ、女神にしたことと転生させたことを教えてくれなかったのですか？　先日、渉さん――いえ、アレクくんが来て大変だったのですよ」

普段なら創造神に対してこんなに責め立てることはしないが、イーリアは興奮していたあまり、止めることができなかった。

「すまんの～完全に忘れておったわ。無念を晴らしたいとソフィーが言うもんじゃから、ちょうどいい転生の魂を探して、渉に行き着いたんじゃ。色々無念を晴らしてくれた渉には、いつかお礼を言わんとな。イーリアよ、次にアレクに会うことがあれば、アリーシャとヒルコのことを伝えてくれんか？」

「かしこまりました、創造神様」

「それと、数年後に厄災が訪れるから己の精進《しょうじん》に努めつつ、仲間を集めておくように伝えてといてくれんかのぅ？」

「厄災ですか……またルシファーのような存在が現れるのでしょうか？」

イーリアは苦虫を噛み潰した表情になる。

「まぁ、そんなところじゃな。じゃがの～渉……今はアレクじゃったか。そのアレクのおかげで未来が変わりつつある。本当なら死んでいるはずの人々が生きておるからのぅ。不確定要素が多すぎて、今は厄災があるとしか伝えられん」

「分かりました。必ずお伝えいたします。それから、私達女神は何か準備をしておくことはありませんか？　いつも見ているだけしかできないことが辛いのです」

イーリアは必死な表情で訴える。

「そうじゃったな。数百年前にイーリアが転生させた人物が、自らの命を引き換えにルシファーを封印したんじゃったな……」

創造神は過去を想起して遠い目をする。少ししてイーリアの方を向いて口を開いた。

「そうじゃな、どうにかしてやりたいが、下界に直接手出しができないのが神界のルール。多少の例外はあるが、それを破れば消滅する決まりじゃ。イーリアよ、今は我慢してくれんか？　大事な情報は逐一《ちくいち》伝えてやるからのぅ」

「普段はなんの不満もないですが、これほど女神であることが辛いと思ったのは初めてです。なんとしても、厄災を阻止しましょう。大変だと思いますが、アレクくんにはどうにか助けてもらえるようお願いしてみます」

イーリアは神である自分達が何もしてやれないことにもどかしさを感じつつも、頼れるのはアレクだけなので、申し訳ないがお願いしようと思うのだった。

◆◇◆

アレクが冒険者となった翌日、初の依頼を受けに、四人でギルドにやってきていた。

事前にノックスとオレールとパスクは冒険者登録をしていたので、あとは依頼が張り出されている掲示板から探して受付をするだけである。

今は四人でFランクとEランクの依頼が載った掲示板の前にいる。

たくさんある依頼を見て、アレクは困り果てる。

「みんな、どれを受けます？　よく分からないので、三人にお任せしたいのですが」

受けることができるのは、自分の冒険者ランクの一つ上のランクの依頼まで。

三人は相談の結果、早々に答えを出しアレクに伝えてくる。

「ゴブリン退治と薬草の採取を同時にやるぞ。早くEランクに上がりたいからな」

ノックスはそう言って、二枚の依頼書を剥がして受付に向かう。

今日はミアが休みらしく、他の受付嬢が三人いた。

お姉さん系受付嬢と童顔の受付嬢と、眼鏡《めがね》をかけた地味めな受付嬢。前者二名の前には長蛇の列ができている。もう一人の眼鏡の受付嬢の前には誰もいない。

ノックスは迷わず誰もいない受付嬢のところに行く。

「この依頼を受けたいんだが、手続きを頼めるか？」

急に話しかけられた受付嬢は、慌てて対応する。

「へ？　え？　あ！　ごめんなさい。すぐ手続きしますね。冒険者証のご提示をお願いします」

四人は言われた通りに冒険者証を提示する。

手続きの間に横の受付を見ていると、ナンパする輩やそれにイチャモンを付ける輩がいて、喧嘩が始まった。そうすると、すぐ騎士団が飛んできて取り押さえられていた。

アレクは面倒に巻き込まれる心配がない受付嬢でよかったと思う。

そうしていると受付嬢から冒険者証を返されて、依頼承諾の判が捺される。

その横にある空欄を見て、アレクは依頼が達成されれば、そこにも判が捺されるのであろうと予測する。

「初依頼ということですが、分からないことなどはありますか？」

アレクは丁寧に聞いてくれる受付嬢に好感を持つ。そんな彼の横で、ノックスが代わりに答えた。

「大丈夫だ。俺とオレールは元冒険者だったからその辺のルールは分かっているし、こいつらには道中説明しておくから」

「そうですか。ではよろしくお願いします。初依頼の達成を願っています、怪我にはお気を付けて無事にお戻りください」

ノックスは「分かった。ありがとな」と返す。他の三人も「行ってきます」とそれぞれが言う。

そうして、御者が待つ馬車に乗り込み、目的地を目指して出発した。

「アレク坊は小さいからまだ分からないだろうが、可愛い受付嬢だからって理由で並んでも時間をかけるだけだからな。さっきの丁寧かつ冒険者を心配できる受付嬢のところで依頼を申請した方がいい。さっさと受付も終わるしミスがないからサクッと依頼達成の手続きも終わるしな」

「はい！　可愛い女性には注意した方がいいですもんね」

「なんでお前がそんなことを知っているんだ。十歳でそれを理解しているとは恐ろしいな」

ノックスもオレールも、貴族社会とはこんな小さな時から色々あるのだろうかと憶測を巡らせる。

「皆様、森の入り口に着きました。私はここでお待ちしております」

馬車が止まり、御者は入り口で待っていると伝えてくる。

アレク達は「お願いします」と御者に言って、そのまま森に入っていった。

「まずは薬草採取をするんだが、普通に探しても日が暮れる。オレール、〈サーチ〉を頼む」

ノックスはオレールにスキルを使って探すように言う。

「相変わらず横着しますね。アレクくんはこんな横着な人間になってはいけませんよ」

「うるさいぞ。早く〈サーチ〉しろ！」

「はいはい」

ノックスは怒っているが、オレールは慣れたようにあしらって、目を瞑り〈サーチ〉で探り始める。

「この辺は量もあまりありませんし、質のいい薬草はありませんね。森の奥に群生地がありましたので、ゴブリンを倒しながら行きましょう」

入り口辺りは色んな冒険者が薬草採りに来ているせいで量もないし、皆適当に抜くので残っている薬草の質も悪い。

「そうか。ゴブリン以外もいそうだから警戒を怠らないように進むぞ」

それからちょっと奥に進んでいくと狼の魔物が三体現れた。

「パスク、ささっと倒してみろ」

ノックスの指示を受けて、パスクは「了解です」と言い、剣を抜いて何か呪文を唱えて剣に炎を纏わせる。これがいわゆる付与魔法である。

そして、パスクは襲いかかってくる魔物をいとも簡単に斬り裂いていく。胴体を斬り、首を刎ねて終いには頭から尻尾まで真っ二つに斬る。焼き斬っているので血は一切噴き出ない。

「パスク、凄いよ。剣さばきもだけど、付与された剣がカッコよすぎるよ」

炎が揺らめく剣でバッタバッタと斬り裂いていく姿や、終わったあとにスッと剣を下に振って炎消す仕草に、アレクは憧れを抱く。

「そう言ってもらえるのは嬉しいのですが、やはり融解《ゆうかい》してしまいましたか……予想はしていましたがこの通り鉄が溶けてしまうんですよ……」

剣が高温の炎に耐えきれず、剣先から溶けてボトッと落ちた。

「今度、一緒に王都に行こう。俺の防具と剣を作ってくれた最高の鍛冶師がいるから、パスクの炎に耐える剣を依頼しよう」

アレクはおやっさんのことを思い出して、パスクにそう提案する。

パスクの経験上、自分の炎に耐える剣はそうそう見つからず、もしあったとしてもかなりの高額になるだろうと予想をしていたため、申し訳なさそうに口を開く。

「気持ちは嬉しいですが、かなり高い買い物になりますし、奴隷の身分としては遠慮させていただきます」

「気にしなくていいよ。パスクが強くなれば俺も嬉しいからね」

それでもパスクは「う～ん」と悩む表情をする。

「二人とも、俺達は冒険者だ。強い魔物を倒せば大儲けできるのを忘れたのか？　ランクが上がる前でも、バジリスク辺りを倒せば余裕で買えるだろう」

普通のFランクならありえない考え方だが、ノックスは元Sランクであるため、手っ取り早く強い魔物を倒してしまおうと思っての発言だった。

アレクとパスクはそれを聞いて納得する。オレールは冒険者ギルドが慌てる様《さま》を想像して心の中で笑っていた。

パスクの剣の話や稼ぐ話で注意が本筋から逸れてしまったが、今回の依頼であるゴブリン退治と薬草採取に戻る。

「ゴブリンが出てきたら、アレク坊の新魔法で捕えてから魔法を撃ち込んでみろ」

新魔法を試すいい機会だということで、ノックスがアレクに指示を出す。

「分かりました。あれなら一網打尽《いちもうだじん》にできますし、まとまって現れてくれたらありがたいんですがね」

それを聞いたノックスは、わざわざ歩いて探すのが面倒になったのか、オレールにまた〈サーチ〉をお願いする。

「オレール、ゴブリンが大量にいるところがないか探ってくれないか？」

「ちょっと待っていてくださいね。私もちょうど面倒になってきたところでしたから」

オレールはまた目を瞑ってゴブリンの居場所を探る。そして、かなりの数が集まった場所を発見した。

「これは……！　洞窟内にかなりの数のゴブリンと、それに囚われた人が数名いるようですね。早く助けに行った方がよさそうです」

全員に緊張が走る。すぐさま、ノックスが指示を出して全員が《身体強化《フィジカルエンハンス》》を使って、かなりの速度で洞窟へと向かう。

そして四人は洞窟の入り口が見える距離まで着くと立ち止まり、茂みから洞窟を観察する。

入り口の前では、四匹のゴブリンが警戒して立っている。

オレールが再度〈サーチ〉をする。近付いたことでより鮮明に中の情報を捉えることができた。

「やはり中にひと際強いオーラを発しているリーダー格のゴブリンがいるようですね。それに、百匹近いゴブリンが中にいます。囚われているのは六人で、一番奥の部屋にいるようです」

それを受けてノックスが指示を出す。

「まずはオレールの《雷《サンダー》》で外にいる奴を全員無力化する。その後、俺とパスクが先頭に立って剣で倒しながら先を急ぐ。それからオレールとアレク坊は後方から支援を頼む。絶対に一匹たりとも逃さないようにな」

アレクは、はっきりと指示を出すノックスに頼もしさを覚えながら返事をする。

「はい。分かりました、師匠」

「あと火系統の魔法は使うな。洞窟内で呼吸ができなくなるからな。人の命がかかった初任務だ。

失敗は許されない、気合い入れていくぞ」

アレクとオレールとパスクは黙ったまま頷く。そしてオレールは魔法発動のため、手を上にかざす。

「《雷《サンダー》》！」

無詠唱で魔法を放つと、ゴブリンの頭上から稲妻《いなずま》が降り注ぎ、ゴブリンの脳天を貫く。ゴブリン達は頭から煙を上げながらその場に倒れる。

「行くぞ」

ノックスの合図で一斉に中に突入する。中には無数のゴブリンがおり、ゴブリンも急に人間が入ってきたことに驚き騒ぎ出す。

知能が低いゴブリンはそのまま襲いかかってくる。ノックスもパスクも恐れることなく立ち向かい、一撃で首を刎ね胴体を斬っていく。

「アレクくん、僕達も行きましょうか。《氷弾《アイスバレット》》」

オレールが放った十個の《氷弾《アイスバレット》》が的確にゴブリンに命中して絶命させていく。

アレクも負けじと魔法を放つ。

「《土弾《アースバレット》》」

アレクは魔力の量を操る『魔力操作』や魔法の軌道を操作する『魔法操作』の訓練経験を活かし、的確に五体のゴブリンへ命中させた。

魔法の数が少ない理由は、魔法操作がオレールより劣るからだ。

アレクも最大だと二十、三十は出せるが、狭い空間でノックスやパスクに当たってしまうリスクをなくすために、コントロールできる程度まで魔法の数を減らしている。

「アレクくん、本当に十歳ですか？　その精度と度胸……並外れていますよ。これなら余裕ですね。どんどん敵を倒していきましょう。《氷弾《アイスバレット》》」

さらにギアを上げるオレールは、サーチで敵の位置を把握してゴブリンがいるであろう場所に魔法を撃ち込む。

あまりの威力に、ノックスの「俺の獲物がなくなるだろう」という声が前から響いてきた。

（いやいや！　人の命がかかっているのに、何を言っているんだ⁉）

アレクは驚きと呆れを感じながら魔法を放つ。

「もう、師匠はこんな場面であんな発言をして……《水弾《ウォーターバレット》》」

「アレクくん、大丈夫ですよ。あれでも元Sランクですからね。逆にパスクくんが心配ですね。付いていけなくなりますよ」

オレールの予想は当たっていた。相手はゴブリンなので、ノックスと実力差があっても付いていくのは容易だろうとパスクは考えていたが、進むにつれて遅れ始める。

ノックスは瞬間移動しているのではないかという動きで斬り裂きながら進んで行く。

パスクが息を切らせながら追いかける。そうして少し先でノックスが立ち止まったのを見て、パスクはトラブルかと思い、急いでそこへ向かった。

「パスク、遅かったな。あそこにいるのがリーダーのゴブリンキングだろう。俺が倒すから、パスクは邪魔が入らないように雑魚《ざこ》を蹴散らしてくれ」

パスクがノックスに追いつくと、すでに大きなリーダー格と対峙《たいじ》する準備を整えていた。

パスクは自分自身が情けないと思いつつも、ノックスの指示通り邪魔をしてくるゴブリンの相手をする。

「パスク、無事でよかったよ。あれ？　師匠は？」

後方から援護していたアレクとオレールが追いついてきて、パスクにノックスがどうしているのか尋ねる。

「あちらです。ゴブリンキングだと思われる相手と対峙しているところです」

アレクとオレールが言われた方向を見ると、今まで相手してきたゴブリンの数倍はあろう大きさの魔物とノックスが向き合っていた。

「ゴブリンキングだよな。早速殺《や》ろうか？」

ノックスはゴブリンキングに対して笑顔を見せながら、久々に骨のある相手と戦える喜びに浸る。

ゴブリンキングもノックスを強敵だと認識して雄叫《おたけ》びを上げた。

ノックスは大剣を構えて目を瞑り集中する。だがゴブリンキングからしたらそんなことはお構いなしだ。雄叫《おたけ》びを上げながら大きな鉈《なた》のような剣を振り下ろす。

「ギャーオォォォ！」

ノックスは振り下ろされたゴブリンキングの剣を、目を瞑ったままかわす。

だがゴブリンキングもすぐに剣を持ち上げて振り下ろす。ノックスはワザと楽しんでいるかのように、次は剣を大剣で受け止める。ゴブリンキングは「ギャッオォォ」と力を入れて押し切ろうとする。

「おっ！　なかなかやるな。だが上には上がいるんだよ。オラァァァ！」

ノックスは逆に剣を弾く。弾かれると思っていなかったゴブリンキングは、踏ん張りが利かずに尻餅を付いてしまった。

ノックスはトドメを刺すどころか、手を前に出して手招きをして、ゴブリンキングを挑発する。

怒ったゴブリンキングは雄叫びを上げながら地団駄を踏み、さっきよりも素早い動きでノックスに斬りかかる。しかし、ゴブリンキングの剣はノックスに届く前に止まる。

「失望したな。その程度ならわざわざ怒らせる必要もなかったか」

そう言って振り返りアレク達の方に歩いてくる。ゴブリンキングはいまだ固まったままである。

だがノックスが数歩歩いた時、ゴブリンキングの胴体がずり落ちた。

何があったかというと、ノックスは激怒したゴブリンキングが向かってくるスピードよりも何倍も早く動き、胴体を斬っていたのだ。あまりの剣速と綺麗な切り口だったので、ずり落ちるまでに時間がかかったのである。

「遊びすぎですよ。早く囚われた人を助けに行きましょう」

「仕方ないだろう？　冒険者活動再開の一発目にまさかのゴブリンキングなんて、殺《や》り合いたくもなるだろ」

「はいはい。ノックスはゴブリンの剣と魔石の回収をしといてくださいね。アレクくんとパスクくんは囚われた人々を連れ出すのを手伝ってください」

ノックスは「なんで俺だけなんだよ」とぶつくさと文句を言っているが、オレールは無視して奥へ進んでいく。

幸いゴブリンはいなかったものの、六人いた人は皆女性で、服がボロボロで精神が崩壊しかけているのか、呆然としてこちらへの反応がない悲惨な状態であった。

「パスクくんとアレクくんはすぐに冒険者ギルドに行って、女性冒険者と衣服の手配をするように伝えに行ってくれないですか？　私はこの子達に最低限の応急処置をして、《清潔《クリーン》》で体を綺麗にしておきますから」

オレールは治癒院で治療をしている時に、治癒師から最低限の応急処置を学んでいた。

ノックスを残したのは、どんな敵が来ようと瞬殺してくれる安心感があるからである。

「分かりました。すぐに応援を呼んできます。パスク、最大で飛ばしていくよ」

「はい！　了解です。アレク様」

《身体強化《フィジカルエンハンス》》を使用したパスクに追いつくには、武功を使ってさらに身体能力を上げる必要がある。

馬車まで無言のまま二人は走り続けた。

「あれ？　もうお戻りですか？　他のお二人は？」

戻ってきたアレクとパスクを見て、森の入り口で待機していた御者がそう聞いてくる。

「いや、ゴブリンに囚われていた人を発見したから、今すぐにギルドまでお願いします。それと馬にこのポーションを飲ませてください」

アレクは簡潔に説明し、御者に薬の入った瓶を三本渡す。

御者はどういうことかは理解していないが、言われた通りにポーションを飲ませる。

その直後、馬が「ヒヒーン」と鳴き足の筋肉がムキムキと肥大する。それを見た御者は驚く。

だが囚われた人がいると聞いているので、騒ぎ立てることはせず、驚きながらも馬を冒険者ギルドまで走らせた。

凄い速さで動く馬車に揺られ、パスクはアレクに尋ねる。

「アレク様……馬の足が異常なほど速いのですが、何を飲ませたのですか？」

「馬専用の『筋肉量増強薬』と『持久力増加薬』と『常時体力回復薬』を飲ませたんだよ」

馬専用のっていつ作ったのですか？　と思うパスクだったが、口には出さないでおく。

「副作用は大丈夫なのですか？　馬がいきなり倒れるとか嫌ですよ……」

「大丈夫！　屋敷にいる馬で色々試してみたけど副作用はなかったし、今では飲まないと不機嫌になるくらいなんだよ」

　その依存が副作用なのではと思うパスクだが、あまりにも嬉しそうに語るアレクに言うことができない。それよりも、屋敷の馬で実験しない方がよいですよと怒りそうになる。

「問題ないならいいのですが……それよりもうストレンの町の門が見えてきましたよ。恐ろしい速さですね」

「そうだね……俺も驚いているよ……まさか、こんな早いとはね。あ！　そうだ！」

　アレクは緊急ということで貴族専用の門から行くように御者に言う。そこにいた門番もアレクと気付いて顔パスで通してくれた。

　そのまま一直線に冒険者ギルドに向かうのだが、馬の速さと立派な姿に住民は皆振り返る。

　冒険者ギルドに着くと、二人は馬車から降りて、すぐにあの受付嬢のところに行く。

「お姉さん、ギルドマスターかニーナさんはいますか？　アレク・フォン・ヴェルトロが来たと伝えてください。緊急の案件です」

　その受付嬢は最初「え？」という表情を浮かべるが、貴族としての名前を出したことで、ただごとではないと悟り、すぐにニーナを呼びに行く。

「少々お待ちください！　すぐにお伝えして来ます」

　受付嬢が慌てて二階に上がると、すぐにニーナの声が聞こえる。

「アレク様、二階にすぐお越しください」

アレクとパスクは二階に来てくれとのことだったので、ニーナが待つ応接室に向かう。ニーナも、貴族として名乗ったアレクに対してちゃんとした対応をする。

「ニーナさん時間を取らせてすみません。実は依頼中に――」

アレクはゴブリンの巣を発見したこと、巣にいたゴブリンとゴブリンキングを倒して囚われた女性を救助したが、彼女達の意識が混濁《こんだく》していて衣服もボロボロだったことを手短に伝えた。

「分かりました。すぐに手の空いている女性冒険者と衣服の手配をいたします。しばらくお待ちください」

そう言うと、ニーナは受付嬢に衣服の手配を頼む。そして二階から身を乗り出し、女性冒険者に向けて声を上げた。

「ギルド内にいる女性冒険者で手の空いている人に依頼をお願いしたいわ。悲惨な現状に耐えられる者はいるかしら？　緊急案件だから行ける者は手を挙げてくれる？　報酬も出すわ」

すぐに手を挙げたのは、女性五名で構成された冒険者パーティーだった。

彼女達は最近話題のアレクがギルドに飛び込んできた直後の依頼ということで、彼がらみの物だと見抜いていた。つまり、貴族が出した依頼だから報酬がいいだろうと予想したのだ。女性限定という条件に引っかかったが、サブギルドマスターがいかがわしい依頼を承諾するとは思えず、好奇心で手をすぐ挙げたのだ。

そして少し遅れて、ソロの女性冒険者が手を挙げた。

「六人いれば充分ね、すぐに応接室に来てちょうだい。依頼の説明をするわ」

ニーナは応接室に集まった一同に説明をする。

「まずは集まってくれたことに感謝するわ……ここにいるアレクくん達のパーティーがゴブリンの巣を見つけて壊滅させたらしいのだけど、中に囚われていた女性達がいたということよ。それが悲惨な状態だったから、同じ女性である貴女達にお願いしたってわけ」

それを聞いた女性冒険者達は下を向いてしまう者、悲しい顔をする者、苦虫を噛み潰したような顔をする者に分かれた。

受付嬢に言われすぐに手を挙げた五人組は『幸運《こううん》の月華《げっか》』という名前の冒険者パーティーで、そのリーダーはニーナの説明を聞いて、力強く頷いた。

「この『幸運の月華』に任せてください」

「よろしく頼むわ。あとジアちゃんも、よろしく頼むわね。アレクくん、『幸運の月華』とジアちゃんを連れて早急に対応をお願いね。治癒院の手配はしておくわ」

遅れて手を挙げた冒険者の名前はジアという。

ジアは恥ずかしいのかコクンと頷いただけだった。フードを被っているので、アレクにはあまり表情は分からない。

アレクは六人に向かって頭を下げて言う。

「お願いします。では皆さん、馬車に乗って向かいましょう」

アレクが一階に降りると、受付嬢が、『幸運の月華』に衣服を渡す。

そして、全員で馬車に乗り込み、また猛スピードで駆け抜ける。

門番はアレクが乗った馬車だと分かり、止めるどころか「いってらっしゃいませ」と言っていた。


今回は一刻も早く現場に向かうため、森の中まで馬車を進ませている。

「ちょっ、ちょっとアレク様なんなんです？　この速さ……」

髪が腰くらいまであってスラッとしたスタイルのいい女性が、馬のあまりの速さに驚き尋ねてくる。

「特別な馬でして……あまり詮索《せんさく》はしないでください。それから、同じ冒険者ですから呼び捨てで構いませんし、かしこまった言い方も必要ありません」

アレクは彼女達がどういう冒険者か知らないので、秘密は極力話さないようにする。

「分かったわ。ってキャッ！」

車輪が石に乗り上げ、大きな揺れが生じ、女性陣が可愛い声を発する。

「アレクくん、今の声は聞かなかったことにしてくれる？」

先ほどの髪の長い女性がそう凄んできた。他の女性陣も訴えるような目で忘れろというオーラを放ってくる。

「何も聞いていませんよ。ちょっと待っていてください。ここからは俺が馬車を先導しますから。パスクは後方から追いかけて、敵が来たら倒して」

「分かりました。お任せください」

アレクが御者に一度止まるように指示を出す。パスクは早々に降りて後方に付く。アレクも降りようとした時に声がかかる。

「私達も護衛に付くわ。これでもCランクだからね」

「そうですか。なら俺と同じく前方一名と側面の護衛をお願いします」

「分かったわ。聞いたわね。私が前方に付くから側面は頼んだわよ」

それぞれが位置に付いたが、ジアは動こうとしない。

アレク的には全員がそうしてくれた方がありがたかった。なぜなら『持久力強化薬』と『素早さ強化薬』を飲むために、一瞬身を隠さねばならないからだ。ちなみにパスクにも渡して飲んでもらっている。

流石に出会ったばかりの冒険者に飲ませるつもりはないので、本来ならジアのように全員馬車に乗っていてもらいたかったのだ。

「御者の方、俺が先導しますので付いてきてください。魔物が出ても倒しますし、危険手当……金貨も後々出しますからよろしくお願いします。では行きましょう」

アレクとパスクは走って現場へ向かい、ゴブリンや狼が現れても剣で瞬殺していく。

『幸運の月華』も、十歳の少年の実力ではないと悟り始める。

それに、走り続けると『幸運の月華』のメンバーは息が上がり汗が噴き出す。スピードも落ちていき、終いにはアレク達に付いていくことすら困難になっていた。

「いったん止まりましょう。『幸運の月華』の皆様には申し訳ございませんが、馬車で休んでいてください」

「ハァハァハァ……私はまだ行けます」

「いや、疲れていると危険ですから馬車に乗ってください、お願いします」

本当は薬を渡して全員を強化すればいいのだが、信用できるか分からない以上、そんな危険は冒せない。

『幸運の月華』のメンバーはアレクの言葉を聞いて渋々ではあるが馬車に乗り込む。そして、再度アレクとパスクは走り出すのだった。

そんな中、馬車内の『幸運の月華』は顔を寄せ合っていた。

「なんなのよ。あれが貴族の子供なの？　しかも十歳よ！　強いし《身体強化》《フィジカルエンハンス》も完璧だし体力も化け物よ」

「あれはおかしいよ。魔力も無尽蔵なのかしら？」

「ハァハァハァ……死ぬ～」

「もうだめ～」

「アレクくんの真面目な顔もカワイイわ、ハァハァハァ」

馬車の中でアレクの凄さに驚く『幸運の月華』の一同。最後の一人だけがアレクが聞いたら少し恐怖を覚える物言いである。

そんな話をしていると馬車が止まり、アレクの声が聞こえた。

「皆さん、着きましたよ。洞窟内に案内しますので付いてきてください」

まだ疲れた表情の『幸運の月華』のメンバーと、ジアが馬車から降りてアレクに付いていく。

御者には馬用のポーションを渡す。そして、パスクは馬車の護衛として洞窟の外に残ってもらった。

アレクは皆が付いてこられる程度にスピードを落として、洞窟内を走る。

しばらくするとノックスとオレールの姿が見えてきた。

「連れてきましたよ」

「アレクくん、待っていました。挨拶はあとにして、早速ですが女性陣の皆様は付いてきてください」

オレールが女性陣を囚われた人のもとに案内する。囚われた人の内、二名はある程度回復したようだが、座ったまま立ち上がろうとしない。全員服はズタボロで体は《清潔《クリーン》》のおかげで綺麗になっていた。

「すみませんが、新しい服を着させてあげてもらえませんか？　あと、回復魔法を使える人がいたら寝ている二人にお願いしたいのです」

　意外な人物が手を挙げた。

「私、回復魔法、使えます。早く見せて……」

　それはジアだ。言葉がたどたどしいのが不安だが、オレールはジアに任せることにした。

「○△□☆○@△%□#☆……○△□☆……《エリアハイヒール》」

『幸運の月華』のメンバーはジアが唱えた言葉を聞き取ることができなかったが、オレールはその言葉を知っており、ジアの出自を理解した。

　だが本人がフードで顔を隠している以上、彼女がエルフだと公言するわけにはいかず黙っていた。

　二人の女性はみるみるうちに顔色がよくなり傷が治った。それどころか、他の女性達やオレールや『幸運の月華』にも効果が及び、身体の状態が普段よりもよくなる。

「ありがとうございます。では私はアレク様達と待っていますので、着替えなどお願いしますね」

　オレールはそう言ってアレクのもとに向かう。それよりも、なぜ排他的なエルフが人間の町で冒険者をしているのだろうと気になったが、考えても仕方がないことだと首を横に振る。

「アレクくん、ちょっとあちらにいいですか？」

　オレールは奥にいる女性達に聞こえない場所に誘導する。

「オレールさん、どうしたのですか？」

「治癒院に入院してからで構わないのですが、精神異常を回復させる薬と元の綺麗な体に戻るような薬があれば、あの子達に使っていただけないかと思いまして……」

アレクももちろん、助けられるなら助けてあげたいと思っているため、それに同意する。

「分かりました。ですが、一つお願いがあります。オレールさんがどこかで入手したことにしてください。俺からだとは絶対漏れないようにするのが条件です」

アレク自身、色々やらかして学んできたので、バレるわけにはいかないと思っている。

「分かっています。アレクくんには迷惑をかけないようにしますよ。本当にありがとうございます」

「構いませんよ。仲間じゃないですか！　いずれ俺が困ったら助けてください」

「そこはノックスとパスクくんと話しているから心配しないでください。どんなことがあろうとも……たとえ陛下が相手であっても、最後までアレクくんを支えようと決めていますから」

アレクは思わず「えぇぇ～」っと言ってしまう。

(三人でどんな約束を交わしているんだ……頼もしいけど陛下相手なら逃げてよ)

そう思うアレクだったが、嬉しくてニヤニヤしそうになる。

そんな話をしていると、着替えが終わったのか『幸運の月華』のリーダーらしき人が奥から出てくる。

「着替えは終わったわ。でも全員一人では歩けそうにないのよ……」

女性達はまだ目覚めていなかったり、精神的に不安定だったりしている。それに対してノックスが答える。

「分かった。寝ている女性は俺とオレールが運ぶから、起きている二人は女性陣が運んでくれないか？」

「分かったわ」

そして、囚われていた女性達を無事馬車に乗せる。馬車の定員的に、治療できるジアと『幸運の月華』のメンバーが乗る。

アレク達は護衛となり、馬車と並走しながら帰るのであった。

「師匠、この場合、依頼は未達成になるんでしょうか？」

ゴブリンは倒したが薬草採取をしていないので、どうなるのか尋ねるアレク。

「薬草採取は失敗だろうけど、今回のことで譲歩《じょうほ》されるはずだ。それより、ゴブリンキングを倒して人命救助までしたんだ。これを交渉材料にして等級を上げられないか考えている。それと、ここだけの話だが、ゴブリンが貯め込んでいた金貨や銀貨を回収した。ギルドには内緒だぞ」

師匠はやはり師匠だなと思うアレクだった。

「交渉は師匠にお任せしますね。それより……装備を一新できそうなくらいあったんですか？」

「多分できると思うぞ。すぐに王都に行くか？」

「いいですね。楽しみです」

アレクはノックスやオレールやパスクがどんな新装備になるのか、楽しみで仕方がなかった。

それからは集中して護衛をしながらひた走る。

やっとストレンの町に到着すると門番がやってきて、すぐお通りくださいと言われる。

ギルドに着くと外ではニーナが待っており、そのまま治癒院へ向かってほしいと言われた。

治癒院に向かうのはオレールとパスク、『幸運の月華』のリーダー以外のメンバーに任せ、ノックスとアレクと『幸運の月華』のリーダーとジアは、ニーナの執務室に向かった。

そんな彼らの姿を見て、ニーナはほっとした表情を浮かべる。

「まずはみんなお疲れ様。『幸運の月華』とジアちゃんの報酬はこれね。疲れただろうからゆっくり休んでちょうだい。アレクくんとノックスさんは少し残ってくれるかしら。色々聞きたいことがあるから」

『幸運の月華』のリーダーとジアは空気を読み、そのまま退出する。

残ったノックスとアレクが今回の件を一から説明すると、それを聞いたニーナは驚いていた。

「今回は本当によくやってくれたわ。報酬に関しては申し訳ないけど、相談が必要だから後日になるわ。でも期待しておいて。それから改めて、二人とも本当にお疲れ様」

ノックスは聞きたいことがあり、ニーナに尋ねる。

「一つ聞きたいんだが、薬草採取の依頼を達成できていないんだ。後日で構わないよな?」

「ええ、後日で構わないわ。受付嬢には私から伝えておくわね。他に聞きたいことはあるかしら?」

「今回の件で、Fランク以上の実力を示したはずだが、一気にDランクまで上げられないのか？」

ノックス的にはCランクまで上げてほしいと思っているが、Cランクからは試験がある。それ知っているので、とりあえずDランクまで上がらないかと聞いたのだ。

「抜け目ないわね。そうねぇ？　Dランクなら私とギルドマスターの承認があれば上げることは可能よ。あとは、本部から後々何か言われないようにゴブリンキング討伐を報告する必要があるけど……だから、ゴブリンキングの魔石を譲ってくれないかしら？　しっかりと査定して報酬は払うわよ」

「魔石は無理だが、ゴブリンキングの持っていた剣でどうだ？　十分証明にはなるんじゃないか？」

魔石は色々な用途があるので、ノックスは譲る気がない。それを聞いたニーナは残念そうな顔をする。

「いいわ。ゴブリンキングの剣で手を打ちましょう。報酬を支払う時に持ってきてもらえるかしら。鑑定士を用意しておくから。あと、Dランク昇格の手続きもその時一緒にやるわね」

それを聞いたノックスは心の中で「よし！」と思う。これで、依頼の幅が広がるのと強い敵と戦う機会も増える。

そのあと、アレクとノックスは治癒院から戻ったオレールとパスクと合流して、帰路につくのだった。

◆　◇　◆

その頃、王国の各地の街道に位置する森で不穏な動きがあった。

そのうち一か所では、黒い衣装と仮面を身に纏った人物達が地面に装置を埋め込んでいる。

「これはなんなんだ？」

「ナンバー６様がおっしゃっていたではないか！　数年後に大量の魔物を王国全土に放ち、恨みや悲しみのエネルギー、カルマを回収すると。末端の俺達は従うだけだ。早く装置を埋めてここから立ち去るぞ」

「そうだな。さっさと済ませて立ち去るのが吉だな」

各地でも、同じように森深くの地面に、ある装置を埋め込む黒い人物達。

誰もその姿を目撃した者はおらず、数年後甚大《じんだい》な被害をもたらす可能性を誰も知らないまま生活を送っているのであった。

第三章　賑やかになっていく日々

ゴブリン討伐から二日が経ち、その日アレクは教会を訪れていた。今回は倒れてもすぐ連れて帰ってもらえるように、セバンとナタリーが真横で待機してくれている。

礼拝堂に入ると、空気が変わったような気がした。アレクはイーリアが待ってくれていたのだろうかと思う。

「アレク様、今回倒れられた場合、ヨゼフ様やカリーネ様に全てお話しする必要がありますが、対策はされているのでしょうか？」

セバンは事情を知っているので、そんな心配をする。

「大丈夫。試験でゴブリンを倒してから能力が上がって、精神力を限界値まで上げる薬を飲んで、今は千まで上がっているから倒れる心配はないと思う。でも絶対ではないから、もしもの時は頼んだよ」

「アレク様、任せてください」

ナタリーはない力こぶを見せながら言っている。アレクとセバンはその自信満々な顔がおもしろくてつい笑ってしまう。

「もう、何笑っているんですか～」

プンスカするナタリーに対して、「ごめんごめん」と謝る二人。

「じゃあ話を聞いてくるよ。女神イーリア様、女神イーリア様、お会いしに来ました……」

両膝を突いて祈りを捧げるアレクに、女神像から一筋の光が差す。神秘的な光景に、セバンとナタリーは驚きながら、アレクの言っていたことは本当だったのだと悟った。


アレクは以前訪れた真っ白な空間で目を覚ました。今、アレクの精神は神界とつながっている状態になっている。肉体は祈りを捧げたポーズのまま、固まっている。

「うぅん……この空間に来るのはなかなか慣れないなぁ」

普通の人間が来ることを前提としていないので、精神と肉体が離れたことで起きる、酔ったような不快感を覚える。

「アレクくん待っていたわ。とりあえず座ってお茶を飲みながら話しましょう」

イーリアが現れそう言った次の瞬間、小鳥のさえずる声が聞こえたと思えば、辺りは草木と綺麗な花が咲いた空間へと変わり、真ん中にテーブルと椅子とティーカップが用意されていた。

アレクは促されるままに席に座り、お茶を飲む。

「え？　これって緑茶ですか？　おいしい！　でもティーカップは合わないですよ……」

「ん？　あ～そうなのね。アレクくんが飲みたい味を再現しただけだから、カップまでは気にしていなかったわ。ほいっと。これでどうかしら？　アナタが寿司屋で飲んでいたのを再現したわ」

　そこに現れたのは魚の漢字が書かれた湯呑であった。アレクは「これか～い」とツッコミそうになるがやめる。

「これですか……でもおいしいからいいです。やはり日本茶は落ち着きますね……って、そうじゃなくて、俺を転生させてくれた女神様の件はどうなったのですか？」

「あ！　そうだったわね。まず、アリーシャという女神の正体は、元の体のアレクくんの母親だったわ。彼女を不憫《ふびん》に思った創造神様が、神体を創造して魂を入れて女神にしたそうよ」

　アレクは「えぇぇ～」と驚く。まさかの、母親だったとはと。

　イーリアはアレクに構わず話を続ける。

「それで、無念を晴らすために、当時の渉さんの前に現れて、死にそうなアレクくんに転生させたらしいわ。元のアレク君も創造神様に神体を与えられて、神界で暮らしているの。利用した形になってごめんなさいね。でも私も昨日初めて聞いて驚いたのよ」

「ちょ、ちょっと待ってください。驚きすぎて言葉が出てこないですよ。ちなみに、無念を晴らすことはできたのでしょうか？　それから、アリーシャ様にはまたお会いできるのですか？」

「無念を晴らせたかはアリーシャ本人に聞きなさい。それから、創造神様は『いつか会う日が来るだろう』って言っていたわ」

（なるほど、いつか会えた時に、絶対に聞かなくてはいけないな）

アレクがそう思っていると、イーリアが続ける。

「それとね、創造神様からの伝言なのだけど、数年後、この世界は厄災に見舞われるらしいわ。だから、それまでに強くなって仲間を集めなさいとのことよ。でも第一の被害はアナタが見事に止めた……いや遅らせたらしいわ。本来なら多くの人が亡くなっていたらしいの。本当にありがとうね」

またまた大変なことを発言したなとアレクは思う。

「どこまで力になれるか分かりませんが努力はしてみます。多くの人が救われてよかったです。……あの、一つお願いがあるのですが……」

「何かしら？　できることならするわ。下界に干渉できないルールがあるから、あまり役には立てないかもしれないけれど……」

「もし可能であれば、今回の厄災に関わることになる俺の仲間や両親に、イーリア様から説明をしてもらえませんか？　俺が言ってもいいのですが、なかなか信用できる話ではないと思うのですよ」

それを聞いたイーリアは悩んでいた。これは下界への干渉にならないのかと。

その時、創造神の声が聞こえた。

「イーリアよ！　特別に干渉の許可を出す！　これはワシからアレクに対する褒美じゃ。厄災からこの世界を守ってくれた時には、もっと豪華な褒美も用意しておるから、頑張ってくれい」

アレクは簡単に許可が出てしまったことに拍子抜けした。

さらにイーリアは（全部話聞いていたんかい！）と心の中でツッコんだ。

「なんか許可出ちゃいましたね」

「そうね。こんな簡単ならいつでも干渉させてほしいわ。それより、そろそろ時間だわ。名前を呼んでくれたらいつでも行くから」

その声を聞きながら、アレクの精神が肉体へと戻っていった。


「ハッ！　ちゃんと戻れたようだね」

「アレク様、大丈夫ですか？　苦しいとかはありませんか？」

アレクが起き上がると、ナタリーが心配してすぐ声をかけてくる。

「大丈夫。そうだ！　もうすぐこの世界にとってかなり大変なことが起こるらしいから、父上が帰ったらすぐ説明しないといけないんだ」

慌てて言うアレクに、セバンは一大事だと気付くが、慌てる様子もなくアレクに伝える。

「アレク様、慌ててもことは解決いたしません。ヨゼフ様が戻られるまで、落ち着いて今一度頭を整理してください。肝心なアレク様が慌てていては、伝わるものも伝わりませんからね」

その一言にアレクは確かにと思い深呼吸をして、落ち着きを取り戻す。

その後は教会から屋敷に戻り、セバンに言われた通り今日あったことを一からまとめるのであった。

◆　◇　◆

アレクが教会に行ってから十四日。ヨゼフが伯爵になって屋敷に戻ってきてから七日が経っていた。

伯爵になったことを祝う盛大なパーティーが行われて、大事なことを言う暇もなかった。

それから数日間はヨゼフに媚を売りたい連中が屋敷に訪れ、ヨゼフとカリーネはその者達の対応に追われていた。

ヨゼフ達が対応に追われている間に、アレクはノックスのおかげでDランクに昇格して、依頼をこなしていた。

屋敷がやっと落ち着きを取り戻したのを見計らって、アレクは話し合いの場を設けた。

ヨゼフの執務室に両親と使用人、そしてパーティーメンバーを集めたアレクは、真剣な顔をしている。

「アレク、こんなにも大勢を集めてどうしたのじゃ？　しかも、何やら重大なことらしいのぅ」

ヨゼフはカリーネとノックスとオレールとパスクと使用人であるセバンとナタリーも集められていることに疑問を感じる。

「今からお話しすることは突拍子もないことです。全員を信用しているからこそお話しします。話を聞いて止めたくなるでしょうが、最後まで聞いてください。お願いします」

そう言ってアレクはセバンとナタリーにも話した前世のことから、アリーシャによって転生させられたこと、そして教会での出来事を話した。

話し始めから終わりまで、ヨゼフとカリーネの表情は驚きで固まっていた。

アレクが説明を終えると、執務室は沈黙に包まれる。

「ふぅ〜なんと言えばいいのか……情報が多すぎて付いていけんわい。ちょっと茶を飲ましてくれんかのぅ」

ヨゼフがお茶を飲み一息つく。セバンとナタリー以外は、まさかそんなことがという感じで受け止めている。

「アレクちゃん、それは冗談ではなくて本当のことなのよね？　信じられないことばかりだわ……」

カリーネの言う通り、死んで転生して女神様と会ったなど、普通は信じられない話だ。

「全て本当です。それに今からある人物をお呼びします。この方と話していただけたら本当だと納得してくれるはずです。女神イーリア様、お願いします」

突然アレクの口から女神様の名前が出て、困惑する一同。

だが驚きをよそに、イーリアは姿を現す。イーリアの体は発光しており、まさに女神様と言っていい出立ちである。

「アレクくん、本当に突然呼ぶものだから驚いて紅茶を溢しちゃったわ」

登場してすぐ、お茶目なことを言うイーリア。アレク以外の人は全員その場で固まってしまう。

「ごめんなさい。いつでもと言っていたので、呼んでしまいました。今度お詫びにお菓子を持って遊びに行きますね」

「あら！　それは楽しみね。甘いのが好きだから頼むわよ」

アレクとイーリアは友達のような会話をしている。そうこうしているうちに、全員がハッとなって我に返る。

「アレクよ、本物のイーリア様なのかのぅ……ってどう見ても本物じゃな……イ、イーリア様、ご無礼をお許しくださいませ」

イーリアの姿が女神像そっくりなことに気付いたヨゼフは急に跪《ひざまず》き、それに合わせて皆も跪く。

あのノックスでさえも同じだ。

セバンとナタリーも事情は知っていたが、本人が登場するとは思っておらず、慌てふためいていた。

「フフッ。そんなかしこまらなくてよいのですよ。色々ありすぎて困惑していますよね。私から全てお話しいたします」

イーリアはアレクと話している時とは違い、女神様らしい口調で全員に話しかける。

「ふむふむ……先ほどアレクくんが話したことは全て本当です。ではまずは、アリーシャの正体と

本題の創造神様からの話をしましょう」

イーリアはそう前置きして、アリーシャがアレクの母親であったこと、それから厄災が数年後訪れるから備えておくことを全員に伝えた。

イーリアの話が終わったあと、誰一人として声を出さず沈黙が続く。

我慢できなくなったイーリアが、アレクに話しかけた。

「アレクくん、みんなどうしちゃったのかしら？　私、何か間違えちゃった？」

「多分ですが、一気に情報を聞いたせいで処理が追いついていないのかと思います。イーリア様の話は完璧でしたよ。文句の付けようがないです」

「あら！　褒められちゃったわ。ありがとうアレクくん」

先ほどまでの威厳《いげん》ある女神様はどこへやら、イーリアは嬉しそうにする。

いち早く我に返ったのはノックスだった。

「アレク坊……お前、凄いな。よく平然と女神様と話せるよな。それよりも……厄災についてもっと詳しく知らないのか？」

「知りませんね。イーリア様が言われた通り歴史が変わっているみたいで、詳しく言えないらしいですよ。そうですよね？　イーリア様」

「そうなのよ。もっと詳しく教えてあげられたらよかったのだけど……でもかなりの強敵よ。あなたも知っているルシファーのようにね」

イーリアはノックスを見ながらルシファーの名前を出す。それを聞いたノックスは下を向いて握り拳を作る。

「よっしゃ～！　やっとあいつと再戦できるのか！　さらに鍛えて返り討ちにしてやるよ」

悲観しているのかと思いきや、ノックスはやる気に満ち溢れていた。アレクは本当に頼もしい人だなと思う。

それから少しして全員が我に返る。

「女神様、お恥ずかしいところをお見せして、申し訳ございませんでした。それからわざわざ来ていただき本当にありがとうございます」

ヨゼフがかしこまった口調で謝罪とお礼をする。

「いいのですよ。これから世界を救う手助けをしていただく皆様に、こちらから礼を尽くすのは当たり前です。……あら？　そろそろ時間のようです。皆様に女神の祝福があらんことを」

そう言うとイーリアはその場から消えていった。

「ふぅ、色々心臓に悪いわい。今日はみんな休むとよい。後日、集まり対策を考えようかのぅ。いったん解散とする」

話すことは山ほどあるが、皆疲れ切った表情を浮かべているので後日話し合うこととなった。

◆
◇
◆

そしてアレクが秘密を打ち明けたことで、家族そして仲間の絆《きずな》は深まっていった頃、伯爵家から遠く離れた貴族の屋敷では、三人の男が向かい合ってコソコソと話し合っていた。

不健康そうな太り方をしたピケ男爵と、総白髪で頬がこけるほど痩せている七十代のユンベルン辺境伯と、前頭部の毛が薄いアーレント子爵——彼らは反国王派としてバーナードと仲の良かった貴族達だ。

ピケ男爵が額に汗をにじませ焦った表情で話し始める。

「モラッテリ男爵、デュフナー子爵、ボンゴレ伯爵、バーナード伯爵、キンベル侯爵全員が捕まって、我々だけになってしまいましたぞ。ユンベルン辺境伯様、このままではいずれ我々も……」

「ピケ男爵の心配はもっともだが、まだ我々のことを捕まえに来ないということは五人とも口を割っていないのだろう。まずはバーナード伯爵の追悼《ついとう》が先だ」

この中で爵位が一番上のユンベルン辺境伯がそう言うと、その場にいる五人全員が目を瞑り、それぞれの思いを天に召されたバーナード伯爵に伝える。

「してユンベルン卿、どうするのじゃ？　儂らには王を引きずり下ろす力はもう残っておらんぞ」

追悼が終わると、アーレント子爵が目を細めてユンベルン辺境伯にそう問いかけた。

「アーレント子爵の言う通り、子飼いにしていた役人も大半が捕まったからな。しかし、先日ある人物から接触があった。今日ここに来てもらっているから、話を聞こうではないか」

ユンベルン辺境伯がそう言うと、暗がりからスーッと黒い衣装に仮面を付けた人物が現れる。

「俺はナンバー1という者だ。俺達もお前達と同じ奴を消したくてな。協力しないかと提案に来たんだ。ヴェルトロ子爵……いや今は伯爵か。その人物がバーナードを死に追いやったことは知っているだろう？」

ナンバー1は半分嘘の情報を交えて、恨みを増幅させようとする。それを聞いた貴族達はどういうことだと口々に話し合う。それを聞いているナンバー1はアホども、もっと俺達のために踊れと心の中笑みを浮かべていた。

「どういうことなのだ？　私はそんな話聞いていないぞ！」

ユンベルン辺境伯が大きな声を上げる。他の貴族も口々にどういうことだとナンバー1に問い詰めるように迫る。

「黙れ！　次許可なく発言した奴は殺す！　いいな。ヴェルトロ伯爵家にいるアレクというのは分かるな？　バーナード伯爵の実の息子だったらしいが、バーナード自らアレクの殺害依頼を俺達に出してきた。しかし、下っ端が勝手に請け負ったせいで見事に失敗をした」

ナンバー1は芝居がかった口調で経緯を説明し始める。

「下っ端とはいえ実に嘆かわしい……そのことでバーナード伯爵のことを調べ始めたヴェルトロ伯

爵は王と結託して、貴族の粛清を始めたのだ。全てはヴェルトロ伯爵と王の責任だ！　お前達も復讐したいだろう？」

ナンバー1は貴族達を焚き付けるように話す。

「なんじゃと？　そんなことがあったのか！　ユンベルン卿、この話が真実なら儂は許せん」

アーレント子爵は拳を震わせながらそう言う。

ピケ男爵もアーレント子爵に同調するように口を開き始める。

「私も同じ考えです。我々の計画を破綻《はたん》させた発端はバーナード伯爵ですが、我々を追い込んだのはヴェルトロ伯爵です」

「私も同意見ですなぁ。すぐさま協力し合うべきでしょう」

「俺も同意見だ。辺境伯、手を組むべきだと思うが」

アーレント子爵も同じ意見であり、ユンベルン辺境伯に問いかける。

「全員の考えは分かった。ナンバー1殿、こちらが手を貸した場合、そちらは何を提供してもらえるのだろうか？」

まんまと乗せられる貴族達。これでさらに動きやすくなり、カルマも同時に手に入るとナンバー1はほくそ笑む。

本当はこれで恨みの連鎖を生じさせることで、負の感情のエネルギー、カルマを効率的に集めようとしているのだ。

「奴隷となっている元貴族達を救うと約束しよう。それからヴェルトロ伯爵家を潰してやる。お前達は我々が潜入しやすいように身分と拠点の用意をして、それといつでも内部から潰せるように密かに仲間を集めておけ」

ナンバー1の言葉を受けて、ユンベルン辺境伯は難しい顔をしながら口を開いた。

「理解はしたが、今我々は力がない……だからすぐには無理だが、急いで身分と拠点を用意しよう。それから救い出した仲間とつながりが明るみになれば、計画が破綻するがどうすればいいのだ？」

「身分と資金を貰えれば匿《かくま》う場所はこちらで用意する。しかし、かなりの額が押収されたが資金はあるのか？」

「隠し財産があるから大丈夫だ。あとお願いがあるのだが、王を失脚させる時に力を貸してもらえないだろうか？」

ユンベルン辺境伯は王を失脚させて王国を自分達の物にしようという計画を再度実行しようと考える。

「その時は信用できる人物を送り込もう。それから二年後、大規模なスタンピード――魔物の大暴走が各地で起こる。その時が行動を起こす合図だ。ここにいる者達の領地にはスタンピードは起こらないから安心していい」

それを聞いた貴族達は安堵の声を漏らす。

再度王国を手に入れるための光が見えたのか、三人の貴族達は自然と笑顔になる。それが終わりを迎える暗闇へのいざないとは知らずに。

「大いに盛り上がってくれるのは結構だが、約束は守ってもらうからな。進捗を聞きに一週間後またユンベルン辺境伯の屋敷を尋ねる。吉報を用意しておいてくれ」

ナンバー1はそう言い残してその場から消える。

貴族達は突然消えたことに驚きはするものの、それより再度王国を我が物にできるのではないかという考えがよぎり、権力を得た自分達の姿を思い描いてニヤニヤするのであった。

◆◇◆

貴族の扇動《せんどう》を終えたナンバー1が、所属する組織——ドラソモローン・エミポグポロス——の拠点で、ボスであるゼロに報告をしていた。

赤い絨毯《じゅうたん》が敷かれた広い部屋に玉座があり、ゼロはそこに足を組んで座っている。

真っ暗な部屋に、唯一玉座の後ろから月明かりが差しており、なんとも言えない雰囲気を醸し出していた。ナンバー1はその赤い絨毯に片膝を突いて頭《こうべ》を垂れる。

「ナンバー1、面を上げよ」

「ハッ！」

ナンバー1は緊張で顔が強張《こわば》る。正面にいる人物との格の違いを痛感しているのだ。

何度会っても慣れないこの感覚に、ナンバー1は気持ちよささえ覚えていた。絶対的支配者への崇拝なのか？　自分より強者に対する喜びなのか？　ナンバー1本人も気付いていない。

「此度の任務、ご苦労であった。よき話を期待しておる。早速話してみよ」

「ハッ！　労《ねぎら》いの言葉、感謝の極みでございます。まずバカ貴族を騙し、その気にさせることには成功いたしました。身分と王都内の拠点については、一週間後に進捗を聞きに行って参ります」

ナンバー1はそこで一度言葉を区切り、ゼロの反応を伺うが、ゼロは微動だにしていない。ナンバー1は言葉を続ける。

「おもしろいことに、あちらから王の失脚を狙うための力を貸してほしいと言ってきました。これで、将来的に王国は我らが牛耳《ぎゅうじ》ることができるでしょう。世界中のカルマも集めやすくなります」

ゼロは返事をすることなく頷いて話を聞く。

「そのためには、まずはヴェルトロ伯爵家に犠牲となってもらい、バカ貴族を焚き付ける必要がございます。ナンバー3が殺《や》り合いたいと以前言っておりましたので、ナンバー3とナンバー5あたりを送ればよろしいでしょうか？」

「うむ、これで我の復活に一歩、いやそれ以上に近付いたな。あの忌々しい冒険者がいなければ今頃はこんな醜い人間に憑依する必要がなかったものを……」

過去の戦いを思い出して、ゼロからありえないほどの魔力とドス黒いオーラが発せられる。

あまりの力に、ナンバー1の額から大量の汗が流れる。

「ハァハァハァハァ……ゼ……ロ様……」

ナンバー1は今にも倒れそうになる。

「おっと、すまんなナンバー1。忌々しい過去の記憶を思い出してしまってな。詫びに我の力の一部を授けよう」

玉座から立ち上がり、ナンバー1に近寄り頭に手を置くと、ナンバー1は事切れたかのように倒れる。

だがその直後、ナンバー1の全身から黒い靄《もや》が溢れ出した。ナンバー1は何もなかったようにスッと立ち上がり自分の体を見る。

「ゼロ様、ありがとうございます。このような素晴らしい力を……あぁ、ゼロ様をこんな近くで感じることができるなんて」

肌は真っ黒に、目も真っ赤になっている。外見だけが人間を保っているが、もはや人ではない。

「やはりナンバー1はこの力を受け入れられるのか……だが力に抗う精神力はないようだな。聞け！　ナンバー1よ！　今すぐ深呼吸をして落ち着くのだ」

ナンバー1は下を向いたと思いきや急におかしくなったような声を上げる。

「フッハハハ！　俺は無敵だ。誰も止められはしないグッハハハ……ウッ……」

ナンバー1は腹を思い切り殴られて気絶する。黒い靄は消えて目も普通に戻り、肌も元の色に戻っていた。

「人間にあの力は行きすぎたということか。だがこの力をナンバー1が使いこなすことができれば、我が復活した際の手駒としては申し分ないであろうな」

ナンバー1を抱きかかえてベッドへと運ぶゼロ。

ヴェルトロ家に対する人選は後日でいいだろうと、ゼロはナンバー1を横たえたあと、月明かりを見ながらワインを飲むのであった。

◆◇◆

女神イーリアと子爵家で対面した翌日。

アレク達は、以前アレクが構想したサスペンション付きの馬車の試作品が出来たということで、商業ギルドを訪れていた。

そこは木造の三階建ての建物だった。前世の異世界モノのイメージから商業ギルドはかなり大きいと思っていたアレクからすると、少々がっかりであった。だが田舎領地ならこれが普通なのである。

中に入ると、一階は待合スペースと受付スペースに分かれていた。空いている受付にヨゼフが向かう。そのあとをアレクとカリーネ、護衛のロイス団長が付いていく。

「忙しいところすまんのぅ。ギルドマスターにヨゼフ・フォン・ヴェルトロが来たと伝えてくれ」

「ヴェルトロ様、お待ちしておりました。すぐお通しするように仰せつかっておりますので、どうぞこちらにお越しください」

流石商業ギルドというところか、貴族が来ても驚く様子もなく、スムーズに通された。

二階に上がると応接室があり、ギルドマスターを呼びに行くということで待っておくように言われる。

しばらくすると三回ノックが鳴り、綺麗な女性が入ってきた。アレクはなぜか彼女から目が離せなくなり、アレクの心臓がバクバクと鼓動する。

「ヴェルトロ伯爵様、カリーネ様、ご無沙汰しております。わざわざお越しいただきありがとうございます。こちらはアレク様でしょうか？　私は商業ギルドのギルドマスターをしております。ヘルミーナと申します」

「ヴェルトロ伯爵家嫡男のアレク・フォン・ヴェルトロです。ヘルミーナさんよろしくお願いします」

ヘルミーナはニコッと笑ってくれる。あまりの美しさにアレクは顔を赤らめる。

「あら！　アレクちゃんはヘルミーナさんのような綺麗な女性が好みなのかしら」

アレクはそのような爆弾を落とすなよと思う。余計顔が真っ赤になり、頭から湯気《ゆげ》が出そうな勢いになる。

「カリーネ様、何をおっしゃっているのですか。こんなおばさんは誰も相手にしてくれませんよ。

もし、アレク様が成人する頃に私が独身なら、喜んでお嫁さんになりたいくらいです」

アレクは嬉しくもあり恥ずかしくておかしくなってしまう。

しかし、アレクの中身は三十七歳のおっさんである。おっさんが恥ずかしがっている姿など見ていられないので、アレクはこれほど転生していてよかったと感じたことはないと思った。

「あの……ほ、本当に私が成人して、お相手がいなければ、求婚させてください！　私からしたらヘルミーナさんみたいなお美しい方が毎日側にいてくれたら幸せです」

アレクはカリーネとヘルミーナの冗談を真に受けて、胸の鼓動のせいでつっかえながらもそんなことを口走る。

それを聞いたヨゼフとカリーネは驚きの表情になった。

「ふふっ。アレク様が成人されましたら私は三十歳ですよ」

「三十歳なんてまだまだお若いですし、お美しいヘルミーナさんなら変わらない美貌を保つと思います。もし成人して恋人や夫がいなければ、必ず迎えに行きます。なんなら今から婚約でも」

ヘルミーナはそれを聞いて顔を少し赤らめる。口説かれることはあるが、ここまで純粋で裏表がないのは初めてで嬉しくもあり戸惑いもある。

「あらあら！　これじゃお見合いじゃない。アナタこれはヘルミーナさんを迎えることになりそうね」

「そうじゃな。めでたいことじゃ。ヘルミーナとアレク！　本気ならばしっかり話し合うのじゃ。

もし、冗談なら今すぐ言うのじゃぞ。後々、冗談でしたは貴族の……いや人として恥ずべきことじゃ」

「父上、母上、私は本気です。ヘルミーナさんと結婚したいと心の底から思っております」

「ふふ、私もここまでまっすぐに言われたのは初めてですので、アレク様と婚約したいと思っておりますよ」

ヨゼフもカリーネも嬉しそうにしている。

「これは本当にめでたいのぅ。どうしていくか一度話し合う必要があるでのぅ。後日ヘルミーナを屋敷に招くとしよう。馬車の件はまた今度でええじゃろ」

そう言って招く日程を調整し、商業ギルドから帰る。

アレクはその晩、興奮で心臓がバクバクになり寝ることができなかったのだった。


それから日を改めて改良馬車も見に行き、木工職人と鍛冶職人が詳しく仕組みを説明してくれたのだが、アレクにはさっぱり分からなかった。

何やら板バネという物を取り付けたらしい。乗ってみると明らかに振動が少なくなっており、お尻も前より痛くなくなっていた。

職人曰く、アレクから言われたバネは当分作ることができないとのことだ。アレク的には急いでいないので現状の板バネですでに満足していた。

しかし、職人はそれでは許せないらしく「待っていてください」と強い意思を込めて伝えてくる。アレクは凄い物がいつかできるのではと変な予感を感じるのだ。

◆　◇　◆

それから数日が経ち、屋敷では平穏な時間が流れていた。アレクは冒険者活動に精を出しており、今日も依頼を一つこなし終わったところだ。

そんなアレクが今何をしているかというと……最近セバンとナタリーが怪しいと使用人の間で噂になっているので尾行をしていた。

「それより、なんでみんな付いてきてるんですか？」

ノックスとオレールとパスクもなぜか一緒に付いてきている。

「そりゃ、依頼達成して一緒に帰ると思いきや、別行動するとか言われたら気になるだろ？」

「アッハハハ、気になっちゃいました」

「アレク様、申し訳ございません。ご主人様に何かあってからでは遅いと思い、様子を見に来ました」

ノックスとオレールは笑いながら、パスクは申し訳なさそうに言う。

「仕方ないですね。見つからないようにしてくださいよ」

アレクは事前に二人の予定をさりげなく聞き出していたため、町の中で彼らを難なく見つけることができた。

路地裏の角から顔だけを出す四人。怪しさ満点だからか通る人全員が見てくる。

流石にいづらくなった四人は、ササッと別の場所に移動をする。

「あれ？　セバンとナタリーがいなくなっている！　ちょっと、見失っちゃったじゃないですか！」

「アレクくん、安心してください。〈サーチ〉で居場所は完全に把握しています。この先の雑貨屋に向かったようです」

オレールのその言葉を聞いて、四人は雑貨屋が見える場所に向かう。

「なぁアレク坊、そもそもセバンとナタリーをなんで尾行しているんだ？」

するとノックスがそんなことを聞いてきた。

オレールもパスクも首を縦に振って、なぜという顔をする。

「何も知らなかったんですか⁉　えっとですね。最近セバンとナタリーがいい感じなんじゃないかと噂があって、真相を突き止めようと尾行していたんですよ」

「なにぃい⁉　うぐうぐ」

「ちょっと声が大きいですよ」

「あ……すまん」

アレクは思わず大声を出すノックスの口を塞ぐ。

「もう師匠、気を付けてくださいよ」

「アレクくん、あれを見てください。何か買おうとしていませんか？」

「あ！　本当ですね」

ノックスに注意しているとオレールから情報が入る。セバンがナタリーにブローチらしきものを選んであげていた。ナタリーはかなり嬉しそうな顔をしている。

「お二人いい感じでお似合いですね」

パスクがうらやましそうな顔をする。だがアレクからしたら、パスクもオレールもノックスも、恋人を作ろうと思えばすぐできる容姿をしているじゃないかと思う。

「パスクならすぐできるよ。俺は奴隷だからって、恋愛するのを反対しないから」

「アレク様、ありがとうございます。人間の女性とうまくいくか心配ですがね」

パスクは頭を下げた。

「アレク坊が話している間に移動したみたいだぞ。オレール、次はどこに行ったんだ？」

ノックスがオレールに尋ねる。

「屋台にいますね。見失わないように早く行きましょう」

オレールから移動先を教えてもらいあとを追う。アレク一人なら完全に見失っていたに違いない。

「串焼きを買って屋敷とは違う方向に向かっているみたいですね。ついていきましょう」

オレールの〈サーチ〉を頼りに、人に紛れながら付いていく。二人の様子を見ていると、なんとセバンからナタリーの手を握ったのである。人混みで迷うといけないからなのか？　恋愛感情があるからなのか？　まだ定かではない。

「初々《ういうい》しいですね。ナタリーさんの顔を見てくださいよ。真っ赤ですよ。セバンさんは余裕ですね。にこやかな表情が変わりませんよ」

「今思ったんだが俺達、悪趣味じゃないか？」

他の三人が黙っていたことを、ノックスが言ってしまった。

「それは言わない約束なんです。師匠、黙っていてください。これは大事な大事な調査ですから」

アレクにそう言われ、他の二人にも顔をグイッと近付けられて、圧倒されてしまったノックスは黙る。

そうしてセバンとナタリーは手漕《てこぎ》き舟が往来している巨大用水路に着くと、階段状になっているところに腰を下ろして、二人でさっき買った串焼きを食べ始めた。

「あの二人、確定でいいと思いますよ。そろそろ人通りが少ないので尾行を中止しないと見つかると思います」

パスクにそう言われ、アレクがパスクの方を向いて返そうとした時に、後ろから声がする。

「皆様、何をされているのですか？　楽しいことなら私も加えてくださらないでしょうか？」

一瞬の隙を突いて、セバンが全員の後ろに近付いて声をかけたのだ。

全員が「うわぁぁぁぁ」と驚きの声を上げる。その驚きの声でナタリーも気付いて近付いてくる。

「あれ？　アレク様、こんなところでどうなさったのですか？　それに皆様まで」

ポカーンとした純粋無垢《じゅんすいむく》な目でこちらを見つめてくるナタリーに、アレク達は罪悪感をヒシヒシと感じてしまう。

「何やらアレク様達が楽しいことをしていたみたいなのですよ。仲間に加えてもらおうと思いましてね」

「え？　楽しいことってなんですか？　アレク様達だけずるいです」

アレク達はセバンによってどんどん追い詰められていく。

「あぁぁぁあ！　ごめんなさい！　屋敷のみんながセバンとナタリーが恋仲だって噂するから気になってあとをつけたんです」

アレクはとうとう隠し切れなくなり白状する。

「え？　私とナタリーさんがですか？　それならそうと直接聞いてくだされればよかったものを」

ナタリーは顔を真っ赤にしながらも、セバンがどう答えるのかチラチラ顔を見ている。

「じゃあ聞くよ。セバンはナタリーをどう思っているの？　ナタリーは俺からしたら育ての親代わりの存在だし気になるんだ」

「ナタリーさんのことは大好きですよ。お付き合いさせていただきたいと思っております。ですがナタリーさんの気持ちが一番大切ですからね。私の一存では決められません。ナタリーさん……私とお付き合いしていただけますか？」

セバンはなんの躊躇《ちゅうちょ》もなく告白をする。周りにいた人も邪魔をすることなく見守っている。ナタリーは相変わらず恥ずかしさからか、顔を真っ赤にして下を向いている。

「は、はい……こんな私でよろしければよろしくお願いします」

なんと見事カップルが誕生した。周りで見ていた人も「ワァァ！　おめでとう」と祝福してくれた。

「セバン、ナタリーおめでとう」

「セバン、ナタリーおめでとうだ。よかったよかった」

「セバンさん、ナタリーさん、素晴らしい物を見せていただきました。愛とはいいものですね」

「セバン様、ナタリー様、おめでとうございます。告白なんて初めて見ました。私もセバン様のように将来カッコいい男性になりたいと思いましたよ」

アレクとノックスとオレールとパスクが、それぞれの祝福の言葉をかける。

「皆様ありがとうございます」

「ありがとうございます。うぅ……でも恥ずかしいです」

セバンはそんなナタリーにそっと手を握る。できる男である。

「皆様、祝福は嬉しいのですが尾行していた件は許していませんよ。これからきっちり教育的指導をいたしましょう。さぁ、皆様帰りますよ」

皆が一斉に「はいー！　申し訳ございませんでした」と言って謝るのであった。

◆　◇　◆

セバンとナタリーの一件から数日が経ったある日、アレク達に指名依頼が舞い込んできた。Dランクにしては異例のことだ。

しかし、依頼内容に問題があるということで、サブギルドマスターのニーナに呼ばれて、ギルドの応接室で説明を受けることになった。ちなみに、ギルドマスターはまだ謹慎中である。

「わざわざ来てもらって悪いわね。ランクと依頼に問題があったのよ。一応依頼人には説明したのだけど、どうしてもアレクくん達のパーティーに任せたいって言っているわ」

（わざわざ無名のDランク冒険者パーティーに依頼をするなんて……不思議な人もいるもんだな）

そう思ったアレクはニーナに尋ねる。

「早速ですが、依頼はどんなものでしょうか？　あと依頼人も教えていただけるとありがたいです」

「依頼は王都までの護衛依頼で、出発は五日後よ。依頼主は当日まで内緒にしておいてほしいと言われているわ。ちなみに言っておくと、ヴェルトロ伯爵家に非常に感謝している方だわ」

「護衛依頼ですか。Dランクでも受けられるんでしたっけ？　依頼人は知りたいですが、当日の楽しみにしておきます」

「そうなのよ。今回それが問題で呼んだのよ。Cランク以上が帯同するなら問題なく依頼を受けられるわ。Dランクだけだと無理なのよ。幸い依頼主からは、帯同してもらうCランク以上のパーティーを雇うだけの依頼料を貰えているわ。ただ……帯同するパーティーが問題なのよ……」

アレクは面倒なことが起こりそうな予感がして嫌な顔になる。

オレールが落ち着いた顔でニーナに尋ねる。

「どんなパーティーなんですか？」

「『龍殺《りゅうごろ》しの英雄《えいゆう》』ってパーティーなのだけど、最速でCランクに上がっている十八歳と十七歳の子達の五人パーティーよ。なんの挫折《ざせつ》もなく来ているから調子に乗っているの。実力はあるんだけど、舐めてかかるのよね……」

ため息をつきながら話すニーナに、オレールは質問を重ねる。

「別のパーティーはいなかったのですか？」

「他のパーティーは運悪く、その日は何かしらの依頼が入っているわ。もし、気になるようなら依頼を断ってもいいわ。依頼主を説得してみるから」

アレクはなんでこういう時だけは運が悪いのかなと思う。

ここでノックスが口を開く。

「ニーナ、もっとうまくやれ。どうせ依頼にかこつけて、そのパーティーにお灸を据えてやろうって魂胆《こんたん》だろ？　俺達みたいな強いパーティーとぶつけて、実力差を知らしめて、素行を改めさせたいってところか？　そんなにそのパーティーを挫折させたいなら、正式な手続きを踏んで依頼しろ」

アレクは全く気付いておらず、まさかこんな裏があったなんてと驚く。

しかし、ニーナはノックスの口調にたじろぎつつも、首を横に振った。

「な、何を言っているの？　これはあくまで護衛依頼よ。そんなことは考えていないわ」

するとノックスはテーブルから身を乗り出して畳みかける。

「しらを切るというなら、ここでお前を痛めつけてもいいんだぞ？　そんなことをしたら、冒険者の資格は剥奪《はくだつ》されるだろうが、俺達は別に冒険者が全てじゃないから、別にかまわない。ニーナ、嘘だけはやめろ！」

ニーナは観念して、ため息を吐いて話し出す。

「はぁ～それを言われちゃおしまいよ。その通り、挫折させようとしたわよ。隠そうとしてごめんなさい。それで、報酬はいくら払ったらいいのよ？」

アレクはちょっと開き直り気味のニーナにイラッとしたが、気付かなかった自分も悪いし、サブギルドマスターならこれくらい肝が据わっていないとやっていけない職業なのだろうなと思う。

「金はいらない、その代わり、俺達をCランクパーティーにするための便宜を図ってくれないか？」

ノックスはまた金銭ではなく昇格のための交渉を持ちかける。

「昇格には二つ条件があったはずだな。一つ目は同行者ありの護衛任務、二つ目はCランク以上との模擬戦だ。今回の護衛依頼をCランク試験の護衛任務として容認してほしい、そして後日行うその模擬戦の相手を『龍殺しの英雄』にしてくれ。護衛依頼までの数日は、Cランク昇格の点数基準まで依頼をこなしたいと思う」

「分かったわ。模擬戦を受けてもらえるように『龍殺しの英雄』を持ち上げておくのは許してちょうだい。依頼中は余計に調子に乗るだろうけど、我慢してよね。あと心配はしていないけどしっかりと点数は稼いでよね。基準を満たしてなくて、昇格試験を受けられませんとか困るわよ」

「あぁ十分持ち上げてもらって構わない。本当の挫折とはなんなのか、味わわせやすくなるからな。一日四件くらい依頼をこなせば稼げるし大丈夫だろう。じゃあ色々お膳立てよろしくな」

それを聞いたニーナはやれやれと思う。普通一日四件も依頼をこなすパーティーなんかいないわよと！

アレクは密かに、師匠には絶対隠しごとはできないなと思うのであった。

◆　◇　◆

護衛依頼を受けるまでにCランクの点数を積み重ねないといけないということで、アレク達は大量に依頼をこなし、激動の五日間を過ごした。

そして今は護衛依頼を明日に控えて打ち合わせをするために、酒場に来ている。

「まぁ、話し合う前にとりあえず乾杯が先だな。アレク坊、初の護衛依頼を祝して乾杯の音頭《おんど》を取れ」

急に振られて何も考えていなかったアレクは戸惑う。

「え〜っと、ついに明日になりましたが、皆さん、怪我のないように、そして依頼人を無事届けられるように頑張っていきましょう。乾杯！」

それに続いて全員が「乾杯」と言う。

「ぷはぁ！　仕事終わりの酒は美味いな。にしてもその音頭、ありきたりすぎるぞ。なんかもっとこう……『龍殺しの英雄』をぶっ倒します！　くらい言えないのか？」

(師匠、血の気が多すぎるよ……サブミッションとして挫折させるのはあるけど、目的は護衛だよね)

そう思ったアレクは、諭すように言う。

「まだ会ったことないですから、どんな人かも分からないじゃないですか……そんなこと言えませんよ」

「まだまだ甘いな。あのギルマスに活を入れられるニーナが手を焼くほどだぞ。絶対強烈な奴らだ。どんな奴らか楽しみだな」

確かに、ニーナが頼ってくるくらいの奴らなのだなと思うと、アレクは少し不安になってくる。

「明日の護衛依頼だけどな、基本は『龍殺しの英雄』に任せるつもりだ。まずは実力を確かめさせてもらう。あまりに態度がひどければ、あるいは依頼人に危害が加わりそうになっても介入する。だが基本は我慢だな。何を言われようとな」

「え？　師匠、大丈夫ですか？　我慢できますか？　ブチ切れませんか？」

アレクは思わず聞いてしまう。

オレールとパスクは内心般若《はんにゃ》になっていようと表面上は取り繕《つくろ》えるだろうが、ノックスはぶち殺すんではないかと思っている。

「おいおい！　俺が一番我慢できる自信があるんだが……どうした？　みんな変な顔して」

「「「絶対先にブチ切れるでしょ！」」」

三人が一斉にノックスに言う。ノックスはなぜだ～という絶望の顔をした。

その顔を見て、アレクとオレールとパスクは大笑いをする。少ししてオレールが話し出す。

「模擬戦ではどの程度心を折るのですか？」

オレールも、口調こそ穏やかだが元Sランクで常にノックスと一緒にいた人物だ。普通なわけはない。

「とことん折ればいいと思うけどな。圧倒的実力を見せつけて、瞬殺したらいいんじゃないか？」

ノックスは長引かせてたまただと思われるより全員瞬殺の方がいいと考えた。

「そうですか……昇格戦は個人戦だったと記憶していますが、順番はどうします？」

「一番舐められるであろうアレクを先鋒《せんぽう》にするのがおもしろいかもしれないな。まあ、その辺は当日考えるさ。ちなみに、アレクは使える薬は全部飲めよ。圧倒してやれ」

アレクはまたお腹チャポチャポになるじゃないかとげんなりした。

「今のアレクくんなら薬は必要ないんじゃないでしょうか？　ちなみにステータスを最近確認していますか？」

オレールにそう言われ、アレクは全然確認していなかったなと思い、ステータスを開く。

「ちょっと待ってくださいね。〈ステータス〉」

名　前：アレク・フォン・ヴェルトロ（伯爵家嫡男）
年　齢：十歳
種　族：人間
ＨＰ：５０００　ＭＰ：８０００
攻撃力：４２０　防御力：３５００
素早さ：２８００　精神力：１５００
スキル：全知全能薬学　調合（ＥＸ）　薬素材創造（ＥＸ）　診断　鑑定
魔　法：水　風　火　土
武　功：レベル２
称　号：金髪の破壊者　女神イーリアの友達

「え？　なんですかこれ？　色々ツッコミどころがあるのですが……」

全員がアレクのステータスを〈鑑定〉で確かめる。皆「あぁ」と言って納得したような顔をする。

「こりゃえげつないな。それに称号が絶対見られたらいけないやつだな。オレール、隠蔽の魔道具を持ってないか？」

（そういえば、『疾風迅雷』のメンバーの一人から隠蔽の魔道具を買っておけと言われたことをすっかり忘れていたな）

アレクがそう思っていると、オレールがノックスの質問に答える。

「今はB級の隠蔽のイヤリングしかないですね」

「今はそれでいいだろう。アレク、外さずに付けておけよ」

アレクはオレールから手渡されたイヤリングを耳に付ける。鎖の先に十字架がデザインされているものだ。

「似合っていますよアレク様」

「いいと思うぞ」

「アレクくんかっこいいですよ」

三人に褒められて嬉しくなる。

「オレールさん、ありがとうございます。大事にしますね。それで薬は使った方がいいですか？」

「使え使え！　完膚《かんぷ》なきまでに叩きのめしてやれ。唯一の武器を使わずに死んだらそれこそバカだからな。それから、俺からもプレゼントだ」

ノックスは魔法袋をアレクに渡す。

「師匠、もしかして魔法袋ですか？　こんな高価な物、いいんですか？」

「これからどんどん依頼が困難になるし、厄災ってのが来るんだろ。その時までに使えそうな薬を作って保管しておくんだ。いいな？」

「はい！」

なんだかんだと心配されているんだなと実感したアレクは、今まで以上に師匠を好きになるのだった。

◆　◇　◆

護衛依頼当日となり、アレク達は待ち合わせ場所の門を出てすぐの、少し開けたところへ向かう。

「どんなクソ野郎でも平常心を忘れるなよ」

「はい！　それから昨日貰った魔法袋へ大量に薬を入れてきましたから、何があっても問題ありません」

そして門を抜けて待ち合わせ場所に向かうのだが……アレク達が王都に向かう途中で救った親子

と冒険者らしき人がいた。

その姿を見てアレクは目を見開くが、声には出さない。

「お待たせしました。今回指名依頼を受けた者です。よろしくお願いします」

ノックスが代表して挨拶をする。

「今回依頼を受けていただきありがとうございます。私は王都で商人をしております、ランドと申します。こっちは娘のエリーです。それからアレク様、娘をお助けいただき、ありがとうございました」

ランドはアレクの方を見て頭を下げた。

「先日、ヴェルトロ伯爵様とアレク様にお礼を言いに屋敷まで行ったのですが、アレク様がいらっしゃらず……話を聞いたところ冒険者をされているとお聞きしましたので、今回ご依頼をさせていただいたのです」

アレクはそういうことだったのかと納得をした。それにしても、父上はランドさんが来たことを内緒にしなくてもいいのにと思う。

「あの時はたまたま父上が薬を持っていまして、私も娘さんの病気を知っていたので解決できただけです。お気になさらないでください。それより、エリーちゃん元気になってよかったね」

「うん！　アレクお兄ちゃんありがとうです」

エリーは元気よくお礼を言っている。それを聞いたアレクは可愛いなと思いエリーの頭を撫でた。

ランドは貴族であるアレクに対して娘が無礼をしないかと、ヒヤヒヤしながらエリーを見ていたのだが、そこに冒険者が一人やってくるのに気付いたアレクが、ランドに向き直った。

「ランドさん、申し訳ございませんが出発前にこちらのパーティーと打ち合わせがありますので、少し外していただいてもよろしいですか？」

「あ！　はい！　こちらも気を遣えず申し訳ございません。では私とエリーは失礼いたします」

そう言ってランドはエリーを連れて去っていく。

「おい！　ガキとおっさん、いつまで喋ってんだよ。Dランクなんだからまず俺達に挨拶しに来いよ。それから、来るのが遅いんだよ。御守《おも》りをする俺らの身にもなれや」

ランドとエリーの前ではにこやかにしていたリーダーらしき男の目つきが急に変わり、暴言を浴びせてくる。

「それと、お前らは邪魔だから後方にいろ！　基本俺達が護衛するから」

冒険者のその言葉に、アレクは思わず言い返そうとしたがノックスが止める。

「すいませんね。最速でCランクになられたとお聞きしました。そんな方にご挨拶もせず申し訳ございません。私はノックスと申します。私達は後方で警戒をしながら、『龍殺しの英雄』様を見て勉強させていただきますので邪魔はいたしません」

「おっさん分かってんねぇ。しっかり見て勉強しろよ！　邪魔だけはすんじゃねぇぞ。ギャハハハ」

男は大笑いをしながら去っていく。

見えなくなったところで、ノックスはアレクの頭を叩く。

「イタッ……師匠何するんですか？」

アレクは涙目になりながらノックスに言う。

「アレク坊、言い返そうとしただろう？　あれほど、我慢しろって言ったよな？　気持ちは分かるが、作戦すらまともに守れないのか？　次、逸脱した行動をしたらパーティーから外すからな」

普段はこのように厳しく言うことはないノックスが、珍《めずら》しく厳しく言う。

「ごめんなさい。気を付けます……」

「わかればいい。仕事に失敗したら信用を失う。経緯や過程がどうであれ結果が全てだ。覚えておけよ。じゃあ指示通り配置に付くぞ」

「はい……」

アレクは訓練で怒られることがあっても、このような場面で怒られたことがないので、下を向いて落ち込んでしまう。

「アレクくん、落ち込んでいても仕方ありませんよ。厳しいですが今回はアレクくんが悪いです。冒険者とはいついかなる時も失敗は許されませんから」

「オレールさん……そうですね、反省します」

「ノックスも言葉ではあのように言っていますが、気持ちはアレクくんと同じです。気落ちせず仕事をこなしましょう。落ち込んでいたら『龍殺しの英雄』にもバカにされたような目で見られますし、依頼主が不安がりますからね」

「はい！　もう大丈夫です。オレールさん、ありがとうございます」

オレールの言葉でアレクも気を取り直し頑張らないといけないという気持ちになる。


それから、ランドの合図で王都に向けて出発した。

『龍殺しの英雄』は前方とサイドを守っているがアレク達に目を合わせようともしない。いないものと扱っている。Dランクの御守りをさせられているとしか思っていない。

「師匠、さっきはごめんなさい。気が抜けていました。でももう大丈夫です」

アレクの方からノックスに謝る。ノックスも先ほどの怒っていた顔が嘘のように、普段通りに戻っていた。

「分かったならいいさ。それより、俺はちょっと向こうと話してくるから、警戒を頼む」

そう言って、ノックスはさっきのリーダーらしき人のところに向かう。しばらくして話し終わったのか、笑顔で戻ってくる。

「邪魔をするな！　関わるな！　大人しくしておけ！　だそうだ。ということで全方向警戒はするが、後方だけ敵を処理しろ。だが依頼主が危険になれば話は別だ。全力で守れ。それから『龍殺し』のバカがどんなに助けを求めても助けなくていいからな」

厳しい口調とは裏腹に終始笑顔なノックスを見た三人は、絶対何かしたなと勘付く。

パスクが不安そうに問いかけた。

「ノックス様、もし助けずに後々告発などされたら面倒なことになりそうですが……大丈夫でしょうか？」

「この魔道具に記録したから安心していいからな。最初に絡んできた時から全て記録してある。告発されたら逆にこれを告発するだけだ」

パスクの心配は杞憂《きゆう》に終わった。

(録音の魔道具まで持っているとは……流石元Sランクだな)

ノックスのようにちゃんと後先考えた行動をしないといけないなと思うアレクであった。

◆　◇　◆

先ほどの『龍殺しの英雄』のリーダーとノックスのやり取りは、このようなものだった。

『龍殺しの英雄』のリーダーは、なぜDランクのガキとおっさんと奴隷のパーティーに依頼がいくのかと、さらにはなぜそれのお守りをさせられるんだと思っていた。だが昇格の模擬戦があると聞いて、そこで憂《う》さ晴らしを計画していた。

そんなことを考えているとノックスが話かけてきたのだ。

「いやぁ～護衛中に申し訳ないですね。まず、お名前だけでもお伺いしていいですか？　それと確認したいのですが、私達は後方の索敵《さくてき》をしつつ、敵に遭遇した場合は支援をすればよろしいですか？」

「チッ！　うぜぇなおっさん。お前に名前を教える気なんてサラサラねぇわ。あと索敵も支援もいらねぇから。どうせ万年Dランクなんだろ？　ガキまで連れてよ。邪魔すんな！　関わってくんな！　大人しくしとけ。支援も索敵も俺らでやるからよ。あとCランクには上がれねぇから。護衛もクソだったたって報告して、模擬戦もボコボコにするからよ。ギャハハハ」

彼らは、ノックスやオレールが元Sランクであることもアレクが伯爵の子供ということも知らなかった。さらに言うと、自分達より早いペースで昇格していることも知らない。

「邪魔はしませんよ。それに何も手を出しませんから安心してください。ではお邪魔しました」

「おっさん、あのガキをちゃんとしつけとけよ。騒がれたらイライラすっからよ」

ノックスは終始笑顔で対応して去っていった。しかし、内心は腸《はらわた》が煮えくり返っている。

「ねぇねぇアデム～あのおっさんなんてぇ～？」

ノックスが去った後、しばらくして龍殺しのパーティーの女がリーダーアデムに話しかけた。女の名前はユマと言った。

「ん？　なんだユマか。あぁ、支援した方がいいですかだってよ。おっさんにもなって万年Dランクの野郎が偉そうに言ってきやがったから、邪魔すんなって言って追い返してやった。ギャハハハ」

「プッ。あたしらに支援とかバッカじゃないの？　実力もないくせに偉そう。冒険者辞めた方がいいよって教えてやりなよ」

「待てって。模擬戦でボコボコにするまでは辞めさせらんねぇよ。憂さ晴らしのおもちゃがなくなっちゃうだろ？」

「あ！　そうだった。ねぇ、それよりあの子ちょうだいよぉ～？　可愛い顔を恐怖で染め上げてやりたいなって」

「別に構わねぇよ？　俺はあのおっさんをいただく。そんで立ち上がれなくなったとこに唾吐きかけてやるからよ。ギャハハハ」

「それめちゃくちゃ見た～い。キャハハハ」

悪い顔をして大笑いする二人。まさか聞かれているとは知らずに。

◆　◇　◆

一方アレク達はというと。

「うわぁ……凄い言われようですよ。みんなよく我慢できますね」

ノックスがアデムの服に付けた盗聴用の魔道具で、全てが筒抜けになっていた。

「皆様、いつでもご命令ください。いつでも行く準備はできていますから」

パスクにしては珍しく自ら進んで発言する。それほどまでに怒っているのだろう。

「こいつは思った以上だったな。しかも、俺達のことを何も知らないあたり、他領の冒険者だろう。ニーナからの依頼を遂行するには都合がいいけどな。……にしても、調子に乗っているというより、単なるバカだな。向こうが先に仕掛けてきたんだ、模擬戦は派手にやってやろうじゃないか」

「私も久々にこんな気持ちになりましたよ。アレクくん、女だからって容赦しなくていいですからね。これはニーナさんから依頼された大事な大事な仕事なのですから」

アレクは見たこともない不気味な笑顔をしながら話すオレールに、ブルっと震えるほどの恐怖を覚える。

「残りの人はどうなのでしょうか？　もし普通の方達なら多少の手加減はすべきでしょうか？」

「もし普通なら手加減してやれ。まぁ、じきにどんな奴らか分かるだろう」

それから一日目と二日目と何も起こらず、無事に護衛依頼をこなす一行。

その間もアレク達は、常時盗聴していたのだが、バカな話とどうやってアレク達を倒そうかなどの話をしていただけであった。結果的に言えば残りのパーティーメンバーも同じバカだったというわけだ。


そして三日目に事件が起こる。

〈サーチ〉に怪しい気配が引っかかったオレールが、慌てて皆に声をかけた。

「少々厄介なのが近付いてきますね。おそらくはCランク『龍殺しの英雄』では勝ち目は皆無でしょうが、どうしましょうか？」

「ほっとけばいい。その間、全力で依頼主は守るぞ。オレールは馬車と馬にシールドを張って敵が攻撃できない位置まで誘導しろ。アレク坊は念のため薬を服用しておけ。戦闘が始まったら、俺とパスクとアレク坊は攻撃だけ回避して、高みの見物を決め込むぞ」

それぞれがノックスの指示に返事をする。

アレクはこれでもかと薬を飲む。今回から各種強化薬とは別に『動体視力倍加薬』も飲んでいる。名前の通り動体視力が数倍にも跳ね上がる効果を有した薬である。

「ん……？　あれは……全員戦闘配置に着け！　タルコダ、てめぇ何してやがった？」

アデムが指示を出すが、敵を目視できるまで気付かない『龍殺しの英雄』達。

アレクは本当にCランクなのかと疑っていた。

実際のところ、二日間何もなかったので、索敵要員のメンバーが索敵をおろそかにしていたのだ。

「わりぃ！　なんも起こんねぇから油断していた」

タルコダと呼ばれた男は、悪びれる様子もなくそう言った。

「クソ！　てめぇの取り分はなしだからな」

「遅れただけじゃねぇか。お前だって女とべちゃくちゃ喋ってたじゃねぇかよ」

アレク達全員がそんなやり取りを聞いて呆れていた。本当にバカなんだなと。

その間にオレールは馬車と馬にシールドを張って後ろに下がらせる。

「なんじゃ？　ワシが現れても余裕そうじゃな。これほど、滑稽《こっけい》な人間は初めてじゃ」

その声とともに現れたのは、老爺の人面で毒蠍《どくさそり》の尾を持つ獅子《しし》。好んで人を喰らい、人語を解するほどの知能を有する魔物、マンティコアだった。

「マ、マンティコア……」

アデムの声からは恐怖が読み取れる。

「ねぇ～アデム、どうすんの？　あたしらじゃ勝てないってぇ！」

「……チッ！　おっさんとクソガキ、てめぇらも手伝え！」

アデムはこっちを向いて何か言ってくる。だがノックスとアレクとオレールは笑顔のまま答える。

「知りませんよ！　支援はいらないと言いましたよね、Cランク様がやっつけてください。邪魔しませんからどうぞ倒してください」

「僕も戦えません。ごめんなさい！」

「『龍殺しの英雄』様なら余裕ですよね？　龍を殺すほどなのですから」

ノックス、アレク、オレールはニヤニヤしながら返事をする。

「はぁ？　何ほざいてやがんだてめぇら！」

「そろそろええかの？　ワシもそこまで気が長くないんじゃ。ワシに内臓を食わしてくれんか？」

マンティコアはニチャリとした笑みを浮かべる。アデムはその顔を見て逃げられないと察した。

「クソクソクソ！　てめぇら、作戦Cだ。俺達がこんなところで死んでたまるかよ」

アデムが言っている『作戦C』がどんな作戦なのか見ものだなと思い様子をうかがうアレク達。

そして、作戦Cと言った途端に『龍殺しの英雄』は反転してアレク達の方に走ってきた。マンティコアもアレク達も予期せぬ行動に思わず驚く。

「おっさん、俺らの代わりに死ねや。じゃあな」

そのまま『龍殺しの英雄』の五人は走り去っていく。護衛としての完全なる規約違反で冒険者としてあるまじき行為である。

「師匠、行かせてよかったんですか？」

「構わん。バカはバカだったというわけだ。後々取り返しがつかなくなることすら理解できてないな。というより、あのマンティコアはなぜ追わないんだ？」

マンティコアは何かを考えるように大人しく待っている。

「話は終わったかの？　あれはおぬしらの仲間じゃったのか？　それより、さっきまで気付かなかったが、おぬしら、相当な実力者じゃの？　おぬしらが一斉に襲ってきたらワシは勝てん。そこで提案なんじゃが、どうか見逃してくれんかのぅ？」

『龍殺しの英雄』に目が行っており、アレク達をあまり気にしていなかったマンティコアは改めてアレク達を見て勝ち目がないことを悟った。

長年の勘が逃げろと警告しているが、逃げたところで瞬殺《しゅんさつ》される未来しか見えず提案を持ちかけたのだ。

「長々待ってもらって悪かったな。それとあれはたまたま行動をともにしただけだ。それにしても、相当頭の切れるマンティコアだな」

ノックスはそこまで言うと、マンティコアを見分し始めた。

「よし!! 逃がしてもいい。だが、ただ逃がすのももったいない。こういうのはどうだ？ もし、ここにいるアレク坊に勝ったら逃げていい。しかし、負けたらアレク坊の従魔になるっていうのは？」

アレクはまさかのことに驚きを隠せない。それに、記憶を遡ってもマンティコアを従魔にしたラノベなんか見たことないぞと思う。

「うむ……もしワシが勝ったらその坊主を食わせてくれんか？ 負けたら一生従魔じゃ。勝ってもなんもなしじゃ割に合わんわい」

「あぁ～それで構わんよ。アレク坊、全力で降伏させろ！ 師匠命令だ」

アレクはなんで勝手に話が進んでいるの～と叫びそうになる。

「分かりましたよ。やればいいんでしょ！ やれば！」

アレクは実質五分間無敵になれるが五分後に体がバキバキになる『攻撃力向上薬』と『素早さ向上薬』を飲んで、さらに食われたくないので、体を三十分間ダイヤモンドの硬さに変える『外皮金剛薬』も飲む。

「もういいかのぅ。坊主の柔らかいうまそうな肉が楽しみじゃわい」

そう言うとマンティコアはアレクに飛びかかり、小手調べに自慢の爪で攻撃をしてくる。

アレクは『動体視力倍加』と『素早さ向上薬』のおかげでそれをなんなくかわした。マンティコアはそれでも前足を振り下ろして攻撃をするが当たらない。

その事実に驚いたマンティコアは一瞬動きを止める。アレクはその隙を見逃さずに、新技の『魔拳』を数発打ち込む。

魔拳とは魔法を手に纏ってパンチの威力を上げる、アレクのオリジナル魔法である。今回は火魔法を纏わせている。

「ぐはあっ！」

まともに食らったマンティコアは、情けない声を出す。数発にもかかわらずよろけるほどのダメージを負ったのだ。

決して、マンティコアが弱いというわけではなく、アレクが強すぎるのである。

「はぁはぁはぁ……なんという強さじゃ。なりふり構っておれんのぅ。《稲妻饗宴《ブラックライトニングフェスティバル》》」

全ての魔力を込めて放たれた無数の黒い稲妻が、アレク襲う。動体視力が倍加していても追いきれないスピードで追尾してくる稲妻に、避けきることができずに直撃する。

あまりの威力に周りの木々がなぎ倒され、凄まじい衝撃波がノックス達を襲う。

咄嗟にオレールがノックスとパスクにシールドを張るが、衝撃波のせいで砂ぼこりが舞い上がり、辺り一面が無視界の状態になった。

「アレク様は無事でしょうか？」

「フッ。まぁ、じきに分かる」

ノックスは心配するパスクとは裏腹に、何か確信めいたものを感じていた。

砂ぼこりが収まってくると二つの影が見えた。そして一つの影が動き出し、もう一つの影へと迫る。

「ま、待つんじゃ！　ワシの負けじゃ」

その声が響き渡るとアレクは止まり拳を下ろす。

「マンティコア、俺の勝ちでいいんだよね？」

「あぁ〜勝ちじゃ勝ちじゃ。なんちゅう強さじゃ」

マンティコアがヤレヤレと思っているところで五分が経ち、アレクに激痛が走り叫び出す。

「痛ぁぁぁぁい！　あぁぁぁぁ死ぬ……」

「ほら、アレク、飲め」

ノックスが近付いてアレクを抱えながらエクストラポーションを飲ませる。するとアレクの体が淡く光り、一瞬にして回復した。

「師匠、ありがとうございます。助かりました。少し、マンティコアのところに行ってきます」

アレクは精根尽き果てて倒れ込んでいるマンティコアのところに行く。

「口を開けてこれを飲んで」

アレクがエクストラポーションを飲ませようとすると、マンティコアも何の疑いもなく口を開けて飲んだ。

「おぉ！　こりゃ凄い。もう回復しておる。ご主人様、助かったんじゃ」

マンティコアはボロボロだった体が嘘のように綺麗になり立ち上がる。

「ご主人様はやめてよ。アレクでいいから。さん付けも様付けもいらないからね。それより従魔契約ってどうしたらいいんだろう？　君は分かる？」

「ワシも初めてだからのぅ。分からんわい」

マンティコアのような魔物を倒すこと自体が困難であり、従魔にするのは難しい。

「アレク坊、従魔契約はお互い心を通わせてから、名付けをしたら完了になる。何か名前を付けてやれ」

そんな簡単に従魔契約が結べるのかと思うアレク。

「じゃあ、マンテ爺にするよ。かっこいい名前より、頼りになる爺ちゃんの方が合っている気がするし」

「ワシの見た目からしたら爺がお似合いじゃな。マンテ爺でええじゃろ。アレク、よろしく頼むんじゃ」

「マンテ爺、これからもよろしく」

挨拶を交わしている間、アレクはマンテ爺にもし若返りの薬を飲ませたらどうなるんだろうと思うのであった。

◆　◇　◆

アレクが戦っている頃、『龍殺しの英雄』は街道から逸れて森の中に逃げ込んでいた。

「クソクソクソクソ！　なんで街道にあんな魔物が現れんだよ」

アデムは怒りをあらわにしながら地面を蹴り上げる。それを見ていた仲間達が宥《なだ》める。

「落ち着きなよアデム。あいつらを囮《おとり》にして無事逃げられたんだからさぁ。それに、証拠隠滅も魔物がしてくれるって」

「ユマの言う通り、今頃あいつら死んでいるぜ。きっと」

さっき索敵をミスしたタルコダがユマに同意するように話す。

「ギャハハハ！　確かにお前らの言う通りだわ。それよりアイツらの顔見たかよ。スゲェ驚いてやんの。何が支援はしねぇだよ。ムカつくんだよ」

アデムは自分がまいた種にもかかわらず、逆切れした。

「一応見に行った方がよくないか？　もし生きていたら厄介なことになると思うけど」

「そうだな。ギルドに言われたら、相当面倒臭くなるし、最悪俺達の手でどうにかしなきゃだろ？」

今まで黙っていた二人も話に加わる。彼らはベフとハチという名前である。

「ベフとハチは相変わらず心配性すぎんだろ？　分かった分かった。そんな顔すんじゃねぇよ。ちゃんと死んだか見に行くからよ。それから商人の金と価値のありそうなもん奪ってやろうぜ。そろそろこれ新調したくねぇ？」

アデムは責任をなすり付けただけでは飽き足らず、金品類も強奪しようと考えている。そして、その金で装備を一新しようとしていた。

「アデム～装備もいいんだけどさぁ……あたしに指輪をプレゼントしてよぉ。ね？」

こんな状態にもかかわらずユマは自分のことだけを考えていた。

「王都の商人ならたんまり持ってんだろうし買ってやるよ。じゃあ、そろそろあいつらがどうなったか見に行こうぜ」

そして、『龍殺しの英雄』はアレク達が待つ街道に向かうのだった。

◆　◇　◆

一方街道では、従魔契約を終えたアレクがマンティコアの上に乗ったり、意外にモフモフしたたてがみに埋もれたりして癒やされていた。

オレールは辺りを警戒しながら『龍殺しの英雄』が帰ってくるのをサーチで確認している。パスクはアレクの近くで辺りの警戒をしていた。

ノックスは馬車の中に隠れていた商人のランドへ状況を説明している。

「何があったのかというと――」

ノックスはマンティコアが現れたことと、『龍殺しの英雄』がノックス達を囮にして逃げて行ったことと、無事マンティコアを服従させてアレクの従魔にしたことを告げる。

ランドは護衛のはずの『龍殺しの英雄』が逃げたことに驚き、マンティコアを従魔にしたことへさらに驚いた。

「マ、マンティコアを従魔にですか？　ってうわぁぁぁ、本当にマンティコアですね。大丈夫なのですか？　狡猾《こうかつ》で恐ろしい魔物と聞きましたが……それと、逃げた『龍殺しの英雄』に関してはどうしたらいいでしょうか？」

ランドはマンティコアと遊ぶアレクを見て、食べられたりしないだろうかと心配になる。

「あのマンティコアは特別知能が高いので大丈夫でしょう。それに、アレク様に負けて従魔契約をしておりますから、絶対に服従しますので安心してください。『龍殺しの英雄』に関しては、町に着いたあと、ギルドから証人として呼ばれる可能性があります。その時は事実を証言してください」

ノックスがそう言うと、ランドは強く頷いた。

「はい！　その時はありのままをお話しいたします。それで、このまま王都へ向かうのでしょうか？」

「そうですね。行きましょうか。引き続き私達が護衛をいたしますので、馬車にお乗りください。オレールは後方の警戒を、パスクとアレクとマンテ爺は両サイドを守れ！　俺は前方の警戒をする。準備ができ次第出発するぞ」

ノックスの指示が飛び、全員が配置に付く。出発前にノックスがオレールに確認をする。

「『龍殺しの英雄』の様子はどうだ？」

「予想通りこちらをうかがっていますね。相手がどうするのか見ものですよ」

「バカな行動をしないことを願うばかりだな。オレールなら余裕だろうが、警戒は怠るなよ。何かあったら絶対に依頼主を守れ」

「言われなくても分かっていますよ」

そしてノックスは前方の警戒にあたりながら出発の号令をかけて進み始める。

そんな光景を見ていた『龍殺しの英雄』達はうろたえていた。

「どうするのぉ？　誰も死んでないなんてぇ」

ユマがそう言うとタルコダもベフもハチもうんうんと頷きながらアデムにどうしようという目を向ける。

「てめぇらそんな目で見んな！　俺だって意味が分からねぇんだよ……」

アデムは地面を見つめて少し考える。

「チッ、そうか、そういうことかよ。マンティコアはアイツらの従魔で、俺達をはめやがったってことかよ。クソクソクソ、ぜってぇ許さねぇからな」

彼は本当にバカだった。

普通に考えてマンティコアを従魔にできるDランクが存在するわけもないし、わざわざ同じ護衛任務をしている仲間をはめる理由がない。それなのに自分に都合のいいようにしか解釈できないどうしようもない人間なのだ。

この後、逆恨みしたアデムはノックスが危惧《きぐ》していた、してはいけない愚かな行動に出るのであった。

◆◇◆

アレクはマンテ爺の背中が気に入ったのか、ずっと背中に乗りながら警戒をしている。

実際はマンテ爺が警戒をしているようなものである。

「ワシの背中はそんなに気持ちいいのかのぅ？　誰かを……それもまさか人間を乗せるとは思っておらんかったし、変な感じじゃわい」

マンテ爺は意外に優しく、アレクが落ちないように安定させながら歩いてくれている。

「たてがみの部分なんてふわふわしていて気持ちいいよ。上質な羽毛布団に包まれているような感じかな。でも、もし不快なら降りるよ？」

「羽毛布団がどんなものか知らんが気持ちいいならそのままでええぞい。好きなだけ乗っていればええわい」

マンテ爺はなんだが褒められたようで、少しご機嫌になる。生まれてこの方、恐怖の対象ではあったが、ここまで無警戒な人間も初めてだなと感じていた。

「うん。長旅にマンテ爺は必須……あ！　そうだ！　マンテ爺は何を食べるの？」

食事に人間なんて与えてあげられないし、どうすればいいのだと慌てるアレク。

「ワシは人間が一番好きじゃが魔物も食うぞい。じゃが従魔になった以上、人間を食ってはいかんじゃろ……悲しいが諦めとるわい」

食べたら駄目だと理解しているのはありがたいが、大好物を食べられないのは悲しいよな～とアレクは思う。どうにかしてやれないかなとは考えるが、なかなか答えが出ない。

「そうなんだ。大好物を食べられない辛さは分かるけど、ごめんね。マンテ爺を従魔にして俺は嬉しいけど申し訳なくなるよ」

「気にせんでええんじゃ。約束は約束じゃ。ワシが我慢すればええ。アレクが嬉しいと言ってくれただけでもありがたいわい。謝らんでええぞい」

マンテ爺の人の、いや魔物の良さにアレクは思わず感動してしまう。

「マンテ爺は人間を食べる理由はおいしいから？　それとも何か理由があるの？」

アレクはどうにか解決できないかと糸口を見つけるために、食べる理由から探ろうとする。

「人間その物というよりは、恐怖を感じている人間ほど美味に感じてしまうんじゃよ。魔物は知性も感情も薄いからのぅ……美味に感じにくいんじゃ」

人は栄養や味や匂いで食べるか判断してうまいと認識するが、マンティコアは恐怖の感情を美味と感じているのだ。

解決策としてはマンテ爺の味覚を誤魔化す薬を飲ませてから食事をしてもらうのが一番簡単なのだが、副作用が分からない段階では使えない。アレクは女神様に、副作用を鑑定画面で見られるように交渉しないといけないなと考えるのだった。

「マンテ爺、解決方法はあるけど、色々問題もありそうだ。ごめんね。すぐに解決してあげられなくて」

「何を言っておるんじゃ。何をしてくれるかは知らんが、ワシを思っての行動じゃろ？　その気持ちが嬉しいわい。人間の恐怖以外の感情でこんな気持ちになれたんは初めてじゃ。アレクは不思議な人間じゃな」

優しい口調で話すマンテ爺に、もしかしたら従魔になった影響で感情などに変化があったのかとアレクは思う。

そんなことを考えているとマンテ爺が警告してくる。

「後ろから、あの……なんじゃったか？　逃げていった人間達が追ってきておるみたいじゃな。オレールは気付いておるから心配はなさそうじゃが……恨みの感情がヒシヒシ伝わってくるわい！　不味そうな人間じゃ！」

アレクは、マンテ爺は感情を察知する能力に優れているのではと思ったが、後ろから来る面倒な『龍殺しの英雄』をどうにかしてから確認しようと思った。

そして、『龍殺しの英雄』はというと。

今にもアレク達に襲いかかろうとしていたがあのマンティコアがいるせいでどうしようかと、考えあぐねていた。

「タルコダ、ベフ、ハチ、馬車を攻撃しろ。証拠を消したら俺とユマは冒険者ギルドにワザとボロボロの状態で逃げ込んで、アイツらが色々はめたことにしてやるからよ」

頭が悪いから、切羽詰まってもこんな案しか出せない。傍から見ても失敗するのは目に見えているのだが、仲間のタルコダもユマもベフはハチも何の疑いもなく同意した。

そして、アデムは最終的にどうしようもなくなったらユマ以外の仲間にも裏切られたと告発しようと考えていた。成功する確率など皆無の作戦に、自分は天才だと、もう解決したような気分でいるのである。

アデムが魔法陣の描かれた羊皮紙を取り出して呪文を唱えると、五人の能力が上がる。攻撃と魔力が倍に膨れ上がった。

「これ凄～い。アデム、こんなのいつ手に入れたの？」

「確かにすげぇぜ。こいつがありゃ馬車を壊すだけじゃなくて、アイツらもやれんじゃね？」

ユマとタルコダが言うと、ベフとハチもうんうんと頷く。

マンティコアに会ったのは今日が初めてだった。さっきは逃げてしまったが、聞いた話でしか知らないため、自分達で殺《や》れるんじゃないかと変な期待を抱いているアデム達。

「お前ら、作戦変更すんぞ。ベフは馬車を破壊して近くにいる奴をやれ。ハチは魔族だ。ユマとタルコダはそれぞれガキとマンティコアを殺せ。俺はあのおっさんを殺すからよ」

「へへっ、アデム、あの子のこと覚えてくれてたんだぁ。痛めつけて泣き叫ぶ顔が楽しみね」

「チッ！　俺だけ魔物かよ。外れじゃねぇか。仕方ねぇな」

「魔族殺しとかカッコよくないな、でも、殺《や》ってやるよ」

「俺が一番仕事多くない？　まぁ今の力があればすぐだけどさ」

ユマ、タルコダ、ハチ、ベフは各々感想を述べる。

「お前ら行くぞ！」

そう言ってアデム達は根拠のない自信でアレク達を殺しに行く。

そうして彼らはアレクのもとへたどり着いたのだが……

「アデム、馬車がねぇよ……」

「てめぇら馬車をどこに隠しやがった？」

いつの間にか、馬車が見当たらなくなっていた。

アレク達は事前にオレールの〈サーチ〉でアデム達が来ることが分かっていたので、アレクとマンティコアを護衛にして馬車を街道沿いの森に隠している。理由はマンティコアの強さに魔物が近寄らないからだ。

「はぁ〜お前ら本当のバカだな。一番愚かな行動を取るとは……よくCランクになれたもんだよ。俺達の時代より簡単に上がれるようになったのか？　本当に運がよかったんだな」

ノックスは呆れ果てて溜め息交じりに言い、ニーナの見る目のなさや無駄な優しさというのにも呆れていた。

「てめぇ、Dランクのくせに、偉そうなこと言ってんじゃねぇよ。それに、マンティコアが従魔だって言わねぇで俺達をはめやがって、許せねぇんだよ。馬車とガキとマンティコアをどこに隠したか知らねぇが、てめぇらをズタボロにして、居場所を吐かせてやるよ」

ノックスはそれを聞いた瞬間、大剣を抜いて『龍殺しの英雄』の誰もが目で追えない速さでアデムに近付く。そしてそのまま、肩口から斬りつけて腕を斬り落とした。

アデムは何が起こったのか分からないでいる。ユマのキャーという叫び声と右腕から噴き出す生温かい物がアデムの目に入り、彼はやっと状況を理解する。

「ギャァアア、俺の腕がぁぁぁぁ」

アデムは叫びながら血が噴き出す腕を押さえて蹲《うずくま》る。

「あまり調子に乗るなよ。俺も限界なんだ。首じゃなかっただけ感謝しろ。《氷凍《カアンチィール》》！　これ以上血が出たら死んでしまうからな。とりあえず大人しくしておけ」

ノックスは氷魔法《氷凍《カアンチィール》》で腕を固めて止血をするが、アデムはあまりの出血に顔が青白くなる。

「いでぇよぉぉ」と叫んでいたが、そのうちその力もなくなり蹲ったまま動かなくなった。

他の『龍殺しの英雄』も、ありえない光景を目の当たりにしてしまい、固まって動けないでいる。

「俺はこいつを見ておくからオレールとパスク、そいつら殺さない程度に好きにしていいぞ」

『龍殺しの英雄』の話を盗聴していたノックスは、アレクや仲間を侮辱する言葉に激怒していた。

もちろんオレールもパスクも同じ気持ちで内心怒りに満ちている。

「ノックス様、ありがとうございます。アレク様にひどいことをしようとしたこの女は許せません。オレール様、この女を私に譲ってくださいませんか？」

アレクを痛めつけるという一言に、ご主人様を慕うパスクは許せなかったようだ。

「構いませんよ。私はこちらの三人を相手しましょうか。死なない程度にいきますから、楽しませてくださいね」

そして、オレールが先に動く。

《火弾《ファイアバレット》》を百個出して三人に向けて撃ったのだ。

アデムが倒されたショックと、あまりの《火弾《ファイアバレット》》の速さにタルコダもベフもハチも反応ができずに直撃した。

「呆気ないですね……このくらいの攻撃で気を失うなんて」

強化した身体だったから気絶で済んでいるが、普通なら死んでもおかしくない攻撃だ。

一方パスクはというと、ノックスとオレールとは違い、ゆっくりユマに近付いていく。

ユマはこのパーティーがDランクの強さではないと気付いて、焦りまくっている。

「ちょ、ちょっと待って！　あたしはアデムに無理矢理やらされただけなのぉ。だから許してよぉ。それに、女を痛めつける気なの？」

「今更何を言っているのですか？　全て知っています。貴様がアレク様を痛めつけると発言したことも。一つ教えてあげますよ。アレク様は伯爵家長男です。貴様らは終わったのですよ」

あまりの怒りに、パスクの口調が乱れる。それほどまでにアレクへの発言が許せなかったのだ。

「伯爵家長男……そ、そんなの知らないって、本当に無理矢理なの。だから許してよぉぉ」

ユマは泣きながら叫ぶ。それを見てもパスクは平然と近付く。そのままパスクがユマの目の前まで来た時にユマが攻撃をする。

「不用意に近付いてバッカじゃないの。死ね～！　《炎柱《フレイムピラァ》》」

パスクの全身を燃やすように柱状に燃え上がる。ユマの全魔力を使った攻撃をまともに受けてしまったパスクであった。

パスクは完全に炎に包まれる。ユマはそれを見て勝ったと確信する。

「バッカじゃないの？　簡単に近付いてさ。舐めているからこんな簡単な罠に引っかかるのよ！」

しかしパスクは何もなかったかのように炎の柱を打ち消して無傷で現れる。しかも、全身炎の鎧のような物に包まれている。

「え⁉　なんで生きているの⁉　あたしの最大魔法なのに……なんで？　なんでなの？」

「少し驚きました。まさか上位属性の炎属性とは。ですが、私には効きません。そろそろ終わりにしましょうか」

パスクはアレクのオリジナル魔法である魔拳をさらに進化させて、全身に纏う形で応用していた。付与魔法が得意であるパスクだからこそできる技である。

そして、なんの躊躇もなくユマの顔面を鷲掴みにして腹を殴る。パスクに鷲掴みにされた顔はあまりの握力で形が歪んでいた。

「ギャァアア、痛い痛い、やめてぇぇ～おねがいじまず～」

だがパスクはやめることはせず、死なない程度に殴る。

魔族には、女性相手でも油断をするな、いつ寝首をかかれるか分からないという教えがある。なので容赦なく殴り続けているのだ。

次第にユマは声を発せられなくなり、そろそろ事切れるのではと思ったパスクは顔から手を離す。

ユマはそのまま力なく倒れるのであった。

「お前ら、本当に容赦ないな。それにしても、パスクはやりすぎだ」

そんな光景を見て、ノックスが呆れたように言う。

しかしオレールもパスクも、いきなり腕を斬った人が何を言っているんだとジト目を向けた。

パスクは少し冷静になって現状を把握し、確かにやりすぎたかなと少し反省するのだった。

「すみません。アレク様を侮辱《ぶじょく》したので許せませんでした。反省します」

「まぁ、今回のことは理解できるから責める気はない。それより、アレクを呼んできてくれ」

そう言われてパスクはアレクを呼びに森に向かうのであった。

◆◇◆

ユマがパスクに攻撃している頃。アレクはというと、商人のランドの娘エリーと一緒に、マンテ爺の背中に乗って、二人で顔を埋めてのんびり癒やされていた。

「エリーちゃん、いい匂いがしてふわふわで気持ちいいでしょ？」

アレクの問いに、エリーは少女らしいたどたどしい口調で答える。

「うん。凄く気持ちいい〜ふわぁぁ……眠たくなってきたです」

ランドの心配をよそに、エリーは初めからマンテ爺を怖がらずに近寄って礼儀正しく挨拶をしてから触っていた。

マンテ爺もエリーの綺麗で裏表がない心を見抜き、全く嫌な顔をせずに触らせてあげていた。

「そのまま寝てもよいぞい。あちらはもう少しかかりそうじゃしのぅ」

「ふわぁぁ、マンテ爺ちゃま、ありがとうです。おやすみなさいです」

エリーは大きなあくびをしてからマンテ爺の背中にうつ伏せになって眠ってしまった。

「マンテ爺ありがとう。俺は少しランドさんに話をしてくるから、エリーちゃんをお願いね」

「分かったわい。何かあったら声をかけるからのぅ」

マンテ爺はそのまま腹ばいになり、エリーが落ちても大丈夫な高さに調節する。アレクは思わず、これがあの狡猾で恐ろしいと噂されるマンティコアなのかと疑う。

「ランドさん、エリーちゃんは寝ちゃいました。マンテ爺が見てくれていますので安心してください。それと、色々問題があって王都に行くのが遅れそうですが大丈夫ですか？」

「時間の件は大丈夫ですよ。全ての商品を運び終わったあとですから。あとは帰るだけです。しかし、エリーがご迷惑をおかけして申し訳ございません」

ランドは申し訳なさそうに頭を下げる。

「しかし、マンティコアが人間を襲わないなんて驚きました。聞いている話では見つけたらなりふり構わず逃げろと教えられましたから。あとで、エリーを見てくれていることにお礼を言わないといけませんね」

アレクは、今の話で気になる点があったため聞いてみることにした。

「そうでしたか。それと、気になったことなのですが、なぜランドさんは会長なのに自ら納品や仕入れをするのですか？　部下の方にお願いしても……」

「やはりそう思われますよね。部下からも止められているのですが、月に一度は自らの目で確認をして、状況の把握や納品先・仕入れ先が私達に不満などないか聞かないと気が済まないのですよ」

ランドは「おかしいですよね」と笑いながら、商人として最高の物を提供するために行っていることを話す。

「それから、エリーには母親がいませんからね。たまにはこうやって旅に出て、色んなところに連れて行ってあげたいと思っているのです。ですが、今までは運がよかっただけだと気付きました。今回、エリーが病気になり、このように冒険者ですら信用できない輩がいることを知りました。もう少し考えてみたいと思います」

アレクは仕事熱心な人だなと思うのと、母親がいないことを知り、色々苦労しているのだなと感じる。

「立派な父親ですね。エリーちゃんがあんなに明るくいい子なのは、ランドさんがいい父親だからこそなんですね。それに、仕事に対する考え方は見習わないといけないと感じました。私も、冒険者という仕事に対して、もっとしっかり向き合っていこうと思います」

ランドはアレクの返答の立派さに驚いた。ランドが反応できないでいると、アレクが急に頭を下げる。

「それから、同じ冒険者として『龍殺しの英雄』の行いは本当に申し訳ございません」

「なぜ、アレク様が謝られるのですか？　全てはあの冒険者が悪いのです。それに、私なんかに頭を下げないでください。あといい父親だなんて……どうにか悲しませまいと必死なだけですよ」

元日本人のアレクは理解していないが、貴族が平民に気安く頭を下げてはいけない。悪いなら謝るべきだろうと思うアレクが、貴族の世界に順応するにはまだまだ時間がかかりそうだ。

アレクはパスクに呼ばれてノックス達が待つところに戻り、惨状《さんじょう》を目の当たりにする。

当然エリーには見せられないので馬車の中にいてもらい、少し離れたところでパスクとマンテ爺に護衛をしてもらった。

「これはひどいですね。これからどうしますか？」

「そうだな……アレク坊、悪いがハイポーションを人数分くれないか？　このままだと死んでしまうからな。オレール、近くの町の冒険者ギルドに行って、こいつらを護送するための馬車の手配とマンテ爺についての報告を頼む。信用してもらえるように、録音した魔道具を持って行ってくれ」

頷きすぐさま出発しようとしたオレールを、アレクは呼び止める。

「オレールさん、これを飲んでください。『持久力強化薬』と『素早さ強化薬』です。あと、予備に数本渡しておきます」

オレールは薬を受け取ると、すぐさまゴクリと飲み、凄い速さで街道を走って行った
「師匠、ハイポーションです。でも、これだと腕も治らないし、顔も治りませんが、エクストラ

ポーションじゃなくて良かったのですか？」

アレクは今にも死にそうなアデムやユマを見て、心配になる。

しかしノックスは首を横に振った。

「こいつらは犯罪者だ。そんなことを気にする必要はないし、そんな物を使ってエクストラポーションの存在が公《おおやけ》になってみろ、面倒なことになるぞ」

ハイポーションを受け取り、アデム達に飲ませながら話すノックスだったが、気絶しているタルコダ達に容赦なくビンタをして起こす。

「お前ら、ポーションだ。早く飲め」

ノックスは無理矢理ポーションを飲ませる。

アデム達は顔色がよくなり起き上がるが、治りきっていない腕や、ユマの顔がぐちゃぐちゃなのを見て、手を出してはいけない人物に喧嘩を売ってしまったのだと痛感していた。

「お前ら、大人しくしろよ。今ギルドに全てを報告したからな。逃れられると思うなよ。録音の魔道具を使って全ての会話を録音してある。それに証人もいるから、もう逃げ場はないぞ」

それを聞いたアデム達はガックリとうなだれる。それからアデム達は一言も言葉を発しなくなった。

だがユマだけは違った。声がうまく出せないことと顔を触って違和感に気付いたようだ。

「ヴェッ!?　あだじのがおどうなってるの？」

顔が潰れているせいでうまく声が出せないユマはたどたどしい話し方になる。

「火傷《やけど》は回復させたが、潰れた顔はそのままだ。まぁ、自分の罪を受け入れて生きていくんだな」

「イヤァァァァ！　ぞんなのイヤァァァァ」

ユマはあまりのショックに泣き叫ぶ。パスクはつい力を入れすぎてしまい鼻や顔の骨を潰してしまったのだ。

ハイポーションで火傷を治すことや傷は塞ぐことは可能だが、鼻や口などのへこんでしまったところは元には戻らない。エクストラポーションなら元通りの顔になっただろうが、ノックスは自分の愚かさを痛感させようと戻す気はない。

そしてアレク達は悲しむユマを無情で見下ろす。

それから、アデム達が逃げないように縄で縛り、一夜その場で留まり過ごしたのだった。


朝日が昇ったあたりで、オレールが戻ってきた。

「サブギルドマスターと応援を連れてきましたよ」

オレールの横には、職員らしい男性と冒険者であろう四人組の屈強な男達がいた。

「オストケルンの町のサブギルドマスターをしているワグナスと申します。全て話は聞いていますし、証拠の録音も聞かせていただきました。今、王都のギルドに証拠の録音とともに早馬を向かわせています。ケルビン様、この人達を護送馬車に乗せてください」

ちなみにオストケルンとはラモンス・フォン・レーグ男爵の治める町だ。豊かとは言いづらいが、レーグ男爵は領民思いの善政を行う領主で、それを慕う領民達は一丸となって彼を支えようとしているという。

オレールがうまく話をしてくれたおかげで、レーグがすでに王都まで連絡をしてくれている。

そして、ワグナスに同行していた、冒険者パーティー『鉄血《てっけつ》の牙《きば》』のリーダー、ケルビンが、ワグナスに指示された通りにアデム達を護送馬車に乗せている。護送馬車は荷台が鉄格子《てつごうし》になっており、馬二頭で引くようになっていた。

ちなみに『鉄血の牙』は、所属しているメンバーが全員Aランク冒険者の実力者パーティーだ。

「ワグナスさん、わざわざ来てもらってすまないな。こちらが今回の依頼主のランドさんだ。今回の件も証言してくれるそうだから、町に着いたら丁重に扱ってくれ」

ノックスがそう言うと、ワグナスはとんでもないですといったように答える。

「いえいえ！　これが我々の仕事ですからお気になさらないでください。ランド様は町に着き次第、こちらで宿を手配させていただきます。それと、マンティコアを従魔にされたということなので、これを足に付けていただけると助かります」

それを聞いたマンテ爺がヌルっと馬車の後ろから出てくる。思わずワグナスは「ギャー」と驚き、ケルビン達は戦闘態勢に入った。

「なんじゃ？　ワシがなんかしたんかのぅ？　そんな驚かんでもええじゃろ？」

「皆さん、このマンティコアは俺の従魔ですから、剣を下ろしてください」

「いやはや……本当にマンティコアを従魔にされているとは……アレク様、こちらが従魔の証明になりますので足に付けておいてください。これは町の通行証も兼ねています」

アレクは渡された従魔の証明になる足輪をマンテ爺に付ける。なぜワグナスがアレクの名前を知っていたかというと、事前にオレールが伝えていたからだ。

「マンテ爺、これで町に入れるからよかったね」

「そうじゃな。じゃがこれからもアレクには迷惑をかけるんじゃろうなあ。ワシは忌み嫌われる存在じゃからのぅ」

少し悲しそうな顔をしたマンテ爺を見てアレクは思わずマンテ爺に抱きついて、「大丈夫！　どんなことがあっても離れないし助けるから」と言うのであった。

◆　◇　◆

オストケルンの町までは、非常にスムーズにたどり着くことができた。

そして今は、オストケルンの門を抜けて町に入ったところである。

アレク達はこれから冒険者ギルドに行き、再度詳しく事情を説明することになっていた。一方アデム達は処分が決まるまで、冒険者ギルドにある牢屋に入れられる。

「ごめんね。会う人会う人が悲鳴を上げて、マンテ爺も居心地が悪いよね」

人通りが増えた街道、門の近く、町に入ってから、あらゆるところで悲鳴が上がった。

あまりにもひどいので、マンテ爺が落ち込んでいないか心配になる。

「ワシは平気じゃ。逆に恐怖は美味じゃからな。これで食うことができればなおええんじゃが……」

マンテ爺は食べられないことに悲しそうな顔をし悲しそうな声を出す。その声を聞いていた周りの大人達は「アレク、頼むからしっかり手懐《てなず》けてくれよ」と思うのである。

「食べちゃだめだからね。でもこの旅が終わったら、ちゃんと対策を考えるから。あ！　ワグナスさん、冒険者ギルドに着いたらマンテ爺はどうしたらいいですか？」

「一階で待っていてもらうことになります。一応通達はしていますから、大丈夫だとは思いますが、念のためにアレク様もご一緒に待っていていただけませんか？」

「分かりました。それに、俺が師匠達に付いていってもなんの役にも立ちませんから、マンテ爺と一緒にいるのが一番いいと思います」

そうして、冒険者ギルドに着いて扉を開けると、やはりマンティコアの迫力が凄いのか、剣に手をかける者や隅に行ってガクブル震える者がいた。

再度、ワグナスが「大丈夫ですから、落ち着いてください」と声をかけると、皆警戒しつつも剣から手を離す。

それを見ていたアレク達は、しっかりと統率が取れているいい冒険者ギルドだと感じた。

「アレク坊、俺達は報告と事情を伝えてくるから、何かあっても大人しくしておくんだぞ」

アレクはすぐに「はい」と答えるが、内心一番暴れそうなのは師匠だよなと思う。

そしてノックス達は二階に上がり、報告と説明に向かった。アデム達は『鉄血の牙』の面々に、ギルドの奥にある牢屋へ連れて行かれていた。アデム達はもう誰一人として言葉を発することがなく、下を向いたままである。

「マンテ爺、あそこに行って座って待ってよう」

アレクが指さしたのは、迷惑にならない一番端っこの椅子とテーブルがあるところだ。

それからマンテ爺は床に寝そべり、アレクが椅子に座りながらぼぉっとしていると、一人のお爺さんが話しかけてきた。

「ほぅ〜こりゃまた珍しい。お前さんの従魔かい？」

ぼぉっとしていたところに急に話しかけられたので、アレクは驚いて椅子から落ちて尻餅をつく。

「痛ったぁ……あ、はい。そうですよ。俺の従魔で、マンテ爺といいます」

そのお爺さんは「驚かせてすまんな」と言いながら、腰を下ろしてマンテ爺に挨拶をしている。

お爺さんは終始にこやかで、アレクはマンテ爺のことを怖いと感じないのかと驚いた。

「ワシはドゥーマと言う。マンテ爺、よろしく頼むな。ほぉ〜、坊っちゃんにも感じたが、マンテ爺にもいい気が流れとる。従魔にして長いのかな？　坊っちゃんとマンテ爺のつながりを深く感じるなぁ」

ドゥーマはそう言ってマンテ爺を凝視《ぎょうし》していた。マンテ爺は少し赤らめて不快そうな顔をする。

「ドゥーマと言ったか？　それ以上覗くなら噛み殺すぞい」

「ホーホッホッホ！　すまんすまん。あまりに色々珍しくてつい覗いてしまった。勘弁しとくれ」

爺さんと爺さんの会話の内容に付いていけないアレクは、何を言っているんだろうとなる。

ドゥーマはこの時、『気眼《きがん》』を使っていた。

気眼とは相手の気の流れや感情などを察することができる能力だ。スキルとは別の生まれ持った能力で、アレクの武功に近い。

マンテ爺は『気眼』とは分かっていないが、心の奥底まで見られているのを感じ取っていた。厳しい態度を取ったのはその不快感もあるが、アレクに対する感情が露呈《ろてい》することを嫌ったようだ。

「俺はアレクと言います。ドゥーマさんは冒険者ですか？」

アレクは理由は分からないがマンテ爺が嫌がっているなと感じて、話を変えようとする。

「ワシは冒険者を引退しとおるただの隠居爺だ。これでも昔はブイブイ言わせていたんだが、最近はおもしろい者を探すことを生き甲斐《がい》にしておる。今日は大当たりだったがな」

「アハハ！　ドゥーマさんの生き甲斐になれたならよかったです」

「多分またどこかで会うだろう気がするな。その時は無視などせんでくれよ。ではな」

ドゥーマは笑いながらそう言って去っていく。

アレクもなぜかまたどこかで会う予感がするのであった。

第四章　強くなっていく仲間達

今アレク達は無事に王都までたどり着き、王都の冒険者ギルドで今回の護衛依頼の達成報告を済ませたところだ。

アデム達は、録音やランドの証言により、奴隷となることが決まった。『龍殺しの英雄』は王都を拠点にしていた冒険者なので、オストケルンから王都に護送されることとなった。

なぜ、貴族のアレクを襲ったのに死罪でないかというと、アレクがヴェルトロ伯爵家長男であるのを名乗っていなかったためだ。もし、冒険者ではなく貴族を名乗ったアレクと接していたなら間違いなく死罪だった。

「この度は命を助けていただきありがとうございました。エリーとこうして帰ってこられたのも、全てあなた達のおかげです。ぜひ一度、王都に滞在中の間に我が商会にお寄りいただけませんでしょうか？　お礼をさせていただきたいと思います」

多大なる恩をアレク達に感じたランドは、商会に来てほしいとお願いする。

アレクはエリーを抱きかかえながら涙を浮かべるランドを見て、断るに断れない状況だなと思った。

「冒険者として当然のことです。でも、そうですね。一度ぜひ、商会に寄らせてもらいます」

「断られなくてよかったです。いつでもお待ちしております。では私達はこれで失礼いたします」

「アレクお兄ちゃん、またね〜」

可愛く手を振るエリーにアレクも大きく手を振って「またね〜」と返す。

「アレク坊、どこか行きたいとこはあるか？」

「そりゃ、みんなの装備を揃えに行くに決まっているじゃないですか。師匠、あの時の金貨や銀貨はありますか？」

目的地はもちろん、あのドワーフの工房だ。ゴブリンの巣から手に入れたお金があるので、資金は十分である。

「あるに決まっているだろう。宝石類も換金しといてやったぞ」

「流石、師匠ですね。ではおやっさんのところに行きましょう」

王都に来た一番の目的であるドワーフの鍛冶師のおやっさんに会いに向かう。

前回と同様、どんどん大通りから離れて裏路地を進んで行く。

ノックスもオレールもパスクも、こんなところに鍛冶屋があるのかと疑問に思う。そんなことを考えているとあの少し古びた鍛冶屋に着いた。

「おやっさ〜ん、ご無沙汰してます。アレクです」

相変わらず店には誰もおらず、アレクが呼ぶが一向に姿を見せる気配がない。

そこで、前回約束したある物を魔法袋から取り出しながら叫ぶ。

「おやっさん、ちゃんと酒を持ってきましたよ、出てきてくださ～い」

そう言うと奥からドタバタと凄い足音がする。

「酒じゃと！　寄こさんか～い……って坊主じゃったんか。もしかして、もうあの装備を駄目にしてしまったんか？」

「違いますよ。おやっさんに、前回の約束のうまい酒と、自慢の仲間達の装備の頼みに来たんですよ。絶対、おやっさんのお眼鏡にかなうはずです」

それを聞いたおやっさんはノックス、オレール、パスクの順でじっくり観察するように見る。

「化け物ばかりじゃな。特にこの大剣を持った奴は人間の域を超えておるんじゃないかのぅ？　こりゃ～作り甲斐があるわい」

「おやっさん、仲間はまだいますよ。マンテ爺～」

おやっさんの店には入りきらないと思って外で待っていてもらったマンテ爺を呼ぶ。マンテ爺は店の中に顔だけ覗かせておやっさんを見る。それを見たおやっさんは数秒固まり「化け物じゃ～」と叫んだ。

それから、アレクの説明を聞いてなんとか理解し、冷静さを取り戻すのであった。

「なんちゅうもんを連れてきとるんじゃ。それも、従魔じゃと……今日は疲れたから、仕事はやめて、酒じゃ酒じゃ」

アレクは普段から仕事しているの？　と疑問に思う。しかも、どこから出したか分からないが、いつの間にか木で出来たジョッキを取り出して酒を飲み始めていた。

「飲みながらでいいんですが、ここにいる全員分の装備を作ってくれませんか？　お金は持ってきたので、最高の装備をお願いしたいんです」

おやっさんは顎に手を当てて何か考えるような仕草をしている。

「坊主はなぜ最高の装備を仲間に渡したいんじゃ？」

「それは……仲間に死んでほしくないのと、本来の実力を発揮できるようになってほしいからです。特に師匠の大剣なんて、長年使っていて傷が目立つんですよ」

「なるほどのう。次からワシに伝える時は金でなく、なぜかとどうしたいかを伝えるんじゃ」

おやっさんは頷いたあと、諭すようにそう言った。アレクはハッとした顔になり、それを受けておやっさんが続ける。

「金で買える装備は確かに上等なもんになるじゃろうが、そうではなく造り手の気持ちや心が入ってこそ最上級のもんが出来るとワシは思っておる。心なき武器や防具は使い手の気持ちには応えてくれんもんじゃ。肝に銘じておくんじゃぞ」

アレクはおやっさんの言いたいことを全て理解したわけではない。それでも、なぜか心にジーンとくるものを感じていた。

「おやっさん……分かりました。次からそうさせていただきます」

「分かればよいのじゃ。よし、大剣使い、簡単に振ったあと、ワシに大剣を見せてはくれんか」

ノックスは言われるがままに大剣をいつものように振ってからおやっさんに渡す。おやっさんはじっと眺めたあと思いもよらないことを言う。

「やはりそうじゃったか……これはワシの親父が作った剣じゃ。この大剣元々は赤かったじゃろ？」

「あぁ～確かに赤かったな！　まさかあのドワーフがあなたの親父さんだったとは……亡くなってから、これをまともに打ち直せる鍛冶師がいなかったんだ。こんなボロボロにしてしまってすまない」

アレクはおやっさんの親父さんが打った剣ということにも驚きつつ、本来の性能ではないのに、あの斬れ味を出していたことに驚く。

「これは普通の鍛冶師には無理じゃな。剣がもう死んでおる。あと数回使ったら、折れてしまうほどに傷んでおるわい。これを打ち直すのは無理じゃから、ワシに新たな大剣を打たせてはくれんかのぅ。ボロボロになるまで使ってもらって親父も満足じゃろう。きっと天国で喜んでおるわい。それに装備も作らせてくれ」

「あぁ、最高の装備を頼むな、おやっさん」

その後、オレールとパスクの動きも確認して、最高の装備を作ると約束してくれた。

マンティコアと戦うくらいのレベルならと、アレクの装備も新調することになった。

そして、作製に一週間はかかるとのことで、アレク達はその間の過ごし方について思いを巡らせるのだった。

◆　◇　◆

一夜明けて、今日はランドの商会に行く日である。

しかし、昨晩気になることがあった。ノックスは鍛冶屋に行ってから、食事の時も寝るまでの間も一言も話さず、気付けば大剣を手に取り眺めていたのだ。

大剣との思い出を思い返していたのか？　初めて手にした日のことを考えていたのか？　おやっさんに、大剣は死んでいるという言葉を受け止めて悲しんでいたのか、アレクには分からない。

そんな野暮《やぼ》なことをわざわざ尋ねるほどデリカシーがないわけではないので、アレクもオレールもパスクもそっとしていた。

朝を迎えると、ノックスは普段通りに戻っていた。昨日のうちに自分の中で色んな想いを昇華させたのだとアレクには感じられた。

「俺とオレールは昇格の模擬戦についてギルドに聞いてくるから、商会にはアレク坊とパスクとマンテ爺とで行ってきたらいい」

アレクは昇格のこともあるんだったと思い出した。そして、本当にノックスがいてくれて助かったとしみじみ頷く。

「師匠、ありがとうございます。分かりました。じゃあ、三人で行ってきますね」

そう言ってアレク達とノックス達は反対方向に向かうのだ。

「アレク、昨日ワシは考えたのじゃが、体を小さくする方法はないものかのぅ？　この大きさ故、皆が怖がり昨日のように店にすら入れなくなってしまうと思うんじゃ」

アレクはそんな便利な薬があるかなと不安に思いつつ、スキルで早速調べてみる。

「〈全知全能薬学〉」

すると『魔物を可愛く、小さいサイズにする薬』というのがあった。

(相変わらず変なネーミングセンスだな……でも、これは使えるな)

アレクはマンテ爺に話しかける。

「小さくする方法はあったよ。でも副作用とかが分からないからおすすめはしないけど……どうする？　って、戻る方法があるのか調べるのを忘れていたよ」

「戻れないのは困るんじゃ。一緒に戦えないではないか！」

マンテ爺はどこか抜けているアレクに呆れながら答える。

戻る理由が一緒に戦うためとは、マンテ爺は意外と優しいんだなとアレクは思った。

「そうだよね。明日までにしっかり調べておくからさ。でももし副作用もなく小さくなれたら、この嫌な視線から解放されると思うとホッとするよ。ずっと嫌な思いをマンテ爺にさせてきたからさ」

アレクはマンテ爺のたてがみを触りながら言う。

マンテ爺はなぜか顔を合わせることをしてくれなかった。この時、マンテ爺はアレクとのつながりをより一層感じて気恥ずかしい気持ちになっていたのだ。


そうこうしていると、聞いていたランドの商会に着いた。

思わず見上げてしまうほどの大きさの建物で、ストレンの町の商業ギルドより大きい五階建てである。

圧倒されたアレクは、思わず言葉を零す。

「パスク……招待されていなかったら、入りづらくて帰っていたよ」

「そうですね。私が貴族の時、贔屓《ひいき》にしていた商会でもここまでの場所はありませんでしたね」

「うわぁ～、それを聞いて、余計自分には不釣り合いな場所だと感じるよ」

「アハハ！　すみません。毎回思いますが、アレク様はいい意味で貴族らしくないですよね。もっと、ドンと構えていてください。さぁ行きましょう」

アレクはパスクに言われるがままに付いていく。

「おい！　そんな魔物を中に入れるなよ貧乏人」

すると商会の前に立っていた少年が、いきなりアレク達に対して喧嘩腰に言ってくる。

アレクが言い返そうとしたがパスクが前に立つ。

「私達はランド様に呼ばれて来たのですが、あなたは誰でしょうか？」

「はぁ？　ランド様がお前らのような貧乏人と知り合いなわけがないだろう。帰れ帰れ」

「私達はランド様に呼ばれて——」

パスクの反論をアレクが遮る。

「パスク、帰るよ！　こんな差別をする商会ならこっちから願い下げだしね」

「はい！　分かりました。アレク様に従います」

ランドはいい人だけど雇っている人は最低だな……とアレクは反転して、来た道を帰ろうとする。

その時、よく聞いた声とともに体を衝撃が襲う。

「アレクお兄ちゃ〜ん！　来てくれたんですね！」

アレクはエリーに抱きしめられていた。

「エリーちゃん!?」

「アレクお兄ちゃん、もう帰っちゃうですか？」

「いや〜入ろうとしたんだけど、あそこにいる人に魔物を連れた貧乏人は入るなって言われちゃって……帰るとこなんだ」

それを聞いたエリーはプーッと膨れっ面になった。そしてエリーをあとから追いかけてきた男に訴えかける。

「アレクお兄ちゃんは大事なお客様だよ。それに私とお父さんの命の恩人だし、お貴族様なの！早く商会に入れてあげて！」

エリーは六歳児とは思えないような勢いで話し始めていた。

（流石商会の娘、肝が据わっているな……）

アレクがそう思っていると、男が話し始めた。

「お、お嬢様、かしこまりました。少々お待ちくださいね。申し遅れました。私、この商会の番頭を務めております シュテファンと申します。先ほどのお話は本当なのでしょうか？」

いざという時に見せるようにと、ヨゼフから預かっていた貴族証をシュテファンに渡す。

それを見たシュテファンはすぐに土下座をする。

「た、た、大変申し訳ございません。まさかお貴族様だとは……」

エリーはドヤ顔で「ほら、言った通りでしょ」というような顔をしている。

アレクは土下座までするシュテファンを起き上がらせようとする。なんだなんだと野次馬も近寄ってきたからだ。

「ちょっとシュテファンさん、立ち上がってくださいよ。シュテファンさんは何もしていないじゃないですか！　それで、私達はどうすればいいでしょうか？」

「な、何をおっしゃいます。すぐにお入りください。旦那様もすぐにお呼びいたしますので！　それより、バッケル！　何を逃げようとしているのですか！　全て旦那様にご報告いたしますからね」

バッケルと呼ばれた男の子はその場で崩れ落ちる。店の中に入ってから聞いたのだが、最近雇った新人とのことらしい。アレクもパスクも興味がなかったので聞き流していた。

そして待っているように言われてから、数分も経たないうちにランドが凄い勢いで階段を下りてくる。

「アレク様、お話は聞きました。ここではあれですので、応接室にご案内いたします。シュテファン、お茶とお菓子の用意をしてくれ」

「かしこまりました。旦那様」

アレクはそんな仰々《ぎょうぎょう》しくしなくても普通に対応してくれたらなと、抱きついて離れないエリーを見ながら思うのだった。

◆　◇　◆

アレクがランドの商会を訪れている頃、奴隷がいる鉱山に怪しげな二人組がやってきていた。

それは、ドラソモローン・エミポグポロスのメンバー、ナンバー6とナンバー8だった。

ナンバー8がため息交じりに口を開く。

「はぁ、ナンバー3とナンバー5がうらやましい」

「仕方ないでしょ。私達の方が序列が下なのですから。悔しいなら上り詰めましょう。しかし、これもゼロ様の野望にとって大事な仕事ですから、ナンバー8、失敗だけはしないでくださいよ」

ナンバー3とナンバー5はヴェルトロ伯爵家を襲う計画のメンバーに選ばれていた。

ナンバー8はそれをうらやましく思っている。

一方でナンバー6はせっかく口の悪いナンバー5から離れての任務になったと喜んでいたのも束の間、ナンバー8という会話をほぼしたことのない、何を考えている分からない者のお守りをするのかと嘆いていた。

「そうだな、失敗は許されない。で、誰を助けるんだ？」

ナンバー8は女性のような少し高い声を出すが、仮面と黒い衣装とローブで人物像は分からない。

それを聞いたナンバー6は頭を抱える。

「本当に、なぜあなたが幹部にいるのか謎で仕方ありませんよ。今回逃がすのはモラッテリ元男爵、デュフナー元子爵、ボンゴレ元伯爵、キンベル元侯爵です」

「分かった。言うことを聞かないなら殺していいのか？」

それを聞いたナンバー6は思わず語気を強める。

「駄目ですよ！　もう、さっきから何を聞いていたのですか！　今回は逃がすのです。分かりましたか？　ナンバー8」

「残念……殺しちゃだめ……殺しちゃだめ」

ブツブツと自分に言い聞かせるように、殺しちゃだめだと言うナンバー6は本当にどうにかしてくれと思う。

「そろそろ動きましょう。あの見張り二人を殺して姿形を覚えてきてください。死体は草むらに隠しましょう」

「分かった。殺しは任せて。エヘヘッ」

殺しと聞いた瞬間、ナンバー8は笑い始める。

ナンバー6は頼むから何事もなく終わってくれと願う。

「行ってくる」

仕事となると真剣な顔つきになり素早く移動するナンバー8。

「何者だ！　そこで止まれ！」

ナンバー8が平然と見張り達に近付いていく。普通なら任務失敗になるところだが、ナンバー6は慌てることなく陰から見守る。

「私はニンブル伯爵だ。ここに来る途中魔物に襲われたのだ。助けてくれぬか？」

ナンバー8は黒衣装に黒ローブではなく、いつの間にかボロボロだが貴族らしい正装に顔や姿形も見事に変わっていた。

「伯爵様!?　大丈夫ですか？」

そう言って心配した二人の見張りがニンブルに変身したナンバー8へ近付く。

「えへへっ。さようなら」

「なっ⁉」

「えっ⁉」

そのまま二人の見張りは首を切られて、その場に倒れた。ナンバー8は二人の見張りの腕を引っ張って軽々と草むらまで運ぶ。その見た目からはありえない怪力だ。

「ナンバー6、終わったよ」

「お疲れ様です。では私を見張りの姿に変えてください。その後、あなたも変装してくださいね」

ナンバー8がナンバー6の軽く肩に触れただけで、姿が変わっていく。

これはどんなスキルなのか、ナンバー8は組織の人間にも明かしていなかった。

以前、ナンバー6がスキルについて聞いたことがあったが「分からない」と返されてしまった。

それからは尋ねても得たい回答は返ってこないだろうと思い、深くは聞いていない。

「完璧完璧」

「よし、これなら見つからないですね。では行きましょうか」

さっき人を殺したから、ナンバー8は少しご機嫌だ。

二人は中に入り、皆が寝静まった静かな鉱山を歩く。

すれ違う看守がいても、相手は疑うことなく通り過ぎて行く。それから、奥へと進みやっと奴隷達が集められている牢屋に着いた。

そこでは二人の看守が見張っているが、二人は何気なく近付く。

「どうした？　まだ交代時間には早いが……」

またしても、ナンバー8は首を切り一撃で殺す。

「こっちは終わった」

「こちらも、片付けましたよ」

ナンバー6の足元には首から血を流して看守が倒れていた。その光景を見ていた鉱山奴隷達は、あまりの非現実的なことに叫ぶことなく言葉を失ってしまう。

「今から言う者は前に出てください。モラッテリ元男爵、デュフナー元子爵、ボンゴレ元伯爵、キンベル元侯爵。私達は、ある方からあなた達を救出するよう依頼を受けました。行きますよ」

それを聞いた瞬間、元貴族達はこぞって前に出てくる。

他の奴隷達も連れて行ってくれと騒ぎ立てるが、それを聞いてうるさいなと思ったナンバー6が、ナイフを投げて騒いでいた一人を殺した。

「黙れ！　あなた達は不要な人間です。私達が去ったあとは勝手にしてください。ですが邪魔をすれば、あちらの方のように殺しますので、大人しくしておいてください。ナンバー8、すぐに牢屋を開けて連れ出しましょう」

殺した看守から鍵を取って牢屋を開けると、すぐに貴族達は牢屋から我先にと出てくる。

「ナンバー8、看守を全員殺してください。絶対見つからないようにお願いしますね」

「えへへっ。分かった。行ってくる」

ナンバー8は嬉しそうに殺しに行く。しばらくすると向かった先から鉱山中に響くほどの悲鳴が聞こえた。

「それでは出口に行きましょうか」

奴隷となって痩せ細っていた貴族達は、出られるという希望を目に宿し始める。

出口への道は、ナンバー8が暴れまくっていたせいで、そこら中に肉片と血が辺り一面に飛び散っていた。

それを見た元貴族達は嘔吐したり苦々しい顔をしたりと、慣れない状況に参っている。

「一つ聞きたいのだが、我々の家族は救い出してくれるのか？」

キンベル元侯爵が聞いてくるが、ナンバー6はスッパリと言い切る。

「それは契約に入っていないので私達は知りません。もし、救い出してほしいなら報酬を払い依頼してください」

それを聞いたキンベル元侯爵は「なぜ助けてくれない」と言いたかったが、先ほどの躊躇なく人を殺す様子を思い出し、逆らってはいけないと何も言わなかった。

「分かった。後日依頼しよう。今はすまないが我々のことを頼む」

「分かった」

「ねぇ、全員殺した」

ナンバー6が頷いていると、いつの間にか血まみれになったナンバー8が合流をしてくる。

「相当殺しましたね。お疲れ様です」

ナンバー8は満足したのか？　嬉しそうなオーラを出す。

その後は無事に脱出をして合流地点へと歩を進める一行。

しかしその頃、アレクへ相当な恨みを持った人物も密かに鉱山から逃げ出していた……

「アレクゥゥゥゥウ、絶対に許さんからな！　八つ裂きにしてやる！」

◆　◇　◆

鉱山奴隷が逃げた出したのと同じ頃、王都のアレクとパスクは、ランドから入り口であったことに対しての謝罪を受けていた。

話は再度しっかりした教育をするということでまとまった。

話が終わったところで、ランド商会の商品を見ることになる。

そこにシュテファンが四つの白いケースを持ってきた。

「これをどうしてもアレク様達にお渡ししたかったのです。開けてみてはもらえませんか？」

開けてみると、色々な色の小さい四角い形のポーチが四つ入っていた。

「これはなんでしょうか？」

「最近開発された、腰から提《さ》げる用の魔法鞄です。容量は現在売られている中で一番大きい物でございます。ぜひ使っていただけると嬉しいのですが……」

一番容量がある魔法鞄は、五百キログラムまで収納が可能である。かなり高価な物で、一つ金貨数百枚から千枚はする。高価すぎて持っていると狙われてしまうくらいだ。

「えぇ～、絶対高いですよね？　こんな高価な物、受け取れませんよ！」

「ぜひ受け取ってください。娘の命と今回の件を考えたら安いものです。それに、これだけではありません。外に行きましょう」

アレクは完全にランドのペースに呑まれ始めた。

なんだかんだ魔法鞄もシュテファンから押し付けられる形で渡される。アレクとパスクは顔を合わせて思わず苦笑いしてしまう。

「アレク様、どういたしましょうか？」

「パスク、ここはありがたく頂いておこう」

アレクはこれ以上拒むのも悪いし、ランドの顔を立てようと素直に応じることにした。

鞄を受け取り、外に出てみると一台の馬車があった。

「最新鋭《さいしんえい》の馬車です。ストレンの町から技術提供された板バネを改良してさらに強度を上げて、軽いミスリル製の強化フレームを採用いたしました。鉄の剣や下級魔法くらいなら、攻撃を受けても壊れる心配はありません」

なんて物を作るんだと驚きを隠せないアレクとパスク。中を見ると、室内もしっかりミスリルで補強されている。

「あの～まさかとは思うのですが……これも……」

「はい！　当たり前じゃないですか。ぜひ受け取ってください。ですが一つ懸念が……この馬車に合う馬を見つけられておらず……申し訳ございません」

ランドの言葉に、アレクは首を傾げて尋ねる。

「えっと、なぜ普通の馬だと駄目なのですか？」

「ドワーフ職人曰く、もっと速く走れる魔物でないとこの馬車の最大限の能力は出せないと……なんでも、バイコーンのスピードにも耐えられると豪語しておりまして、ぜひ最高速度を体験してほしいとのことです」

ちなみにバイコーンとは、ユニコーンの亜種で、姿形は馬に似た伝説の魔物である。

(もしかしたら、マンテ爺の脚力ならこの馬車を扱いきれるのでは？)

そう思ったアレクはマンテ爺に聞いてみる。

「マンテ爺ってバイコーンより速い？」

「ワシを誰だと思っとるんじゃ。あんな馬と一緒にするでない。この馬車はワシが引いてやるわい」

普通のマンティコアは馬車など絶対引くはずもないのだが、バイコーンに負けるわけにはいかないというプライドから、マンテ爺は馬車を引く役を買って出た。

「マンテ爺、いいの？　なら任せるよ。ありがとう」

アレクに抱きつかれて満更でもないマンテ爺は、「ワシに任せておけ」という顔をする。

その後、ランドにお礼を伝えてその馬車に乗って宿に向かったのだが、マンティコアが馬車を引く光景があまりにも異様で、また人目に付いていた。

アレクは特に気にもせず、知力があり言葉も通じるので御者いらずなのは助かるなと思っていた。


宿に帰ると、すでにノックスとオレールが先に帰っていた。

ちなみに、マンテ爺は従魔小屋に、馬車は裏手に置かせてもらっている。

「アレク坊、なんかいい物は買えたか？」

「それがですね。買うとか買わないとかではなくて、こんな高価な物を頂いちゃったんですよ」

ランドから貰ったポーチ型の魔法鞄を魔法袋から取り出す。

ノックスとオレールはすぐ手に取り、眺めたり開けてみたりしていた。

「これ、魔法鞄か？　しかも従来のよりかなり小さくて邪魔にならないな。オレール、ちなみにいくらになると思う？」

「予想でいいならですが、一つ金貨数百枚から千枚はいくと思います。腰から提げられて邪魔にならず、冒険者からしたら喉から手が出るほど欲しい代物でしょう。奪われないように気を付けないといけませんね」

ノックスは金貨数百枚から千枚と聞いて驚く。

「せっかく頂きましたし、みんなで付けませんか？」

そんなノックスにかまわず、アレクはそう提案をする。

「そうだな。使ってこその魔道具だしな」

ノックスがそう言ってみんなで付けてみる。

ノックスは黒、オレールは白、パスクは赤、アレクは茶を選ぶ。

「みんなイメージと合っていて似合いますね」

全員がなんだかんだ新しい魔法鞄を気に入って嬉しそうにしている。

「そうだ。昇格試験のことだが、明日に決まった。相手は『鉄血の牙』、まともなAランク冒険者だ。気合いを入れてかからないとやられるからな」

『鉄血の牙』のメンバーは、以前アレクが〈鑑定〉をしても力の差があって見ることができなかったので、相当強いのは確かだ。

アレクは準備のために薬をどうしようか考えるのだった。

◆
◇
◆

その日の夜、アレクは部屋である薬を作っていた。

「〈薬素材創造〉」

薬素材創造で出てきたのは、干からびたキノコと精製水とスモールドラゴンの肝臓《かんぞう》である。

「〈調合〉」

それらの素材を入れた容器に〈調合〉と唱えると、瞬時にグレーの液体へと変わる。

それを、ランド商会で大量購入した小瓶に移す。同じ要領で何個も予備を作り、さらに違う薬も同じ手順で何個も作っていく。

その作業を繰り返していると、朝を迎えた。

アレクはマンテ爺のもとに行く。

「マンテ爺、おはよう。オークの肉を持ってきたよ。あと、食べ終わったらこの薬を飲んでほしいな？」

アレクが大量のオーク肉を置くと、マンテ爺はすぐにムシャムシャ食べ始めた。

少ししてマンテ爺はアレクに尋ねる。

「その気色の悪い液体を飲めとな？　大丈夫なのかのぅ？」

大量にあった肉はあっという間に全部食べ終わっていた。

そして、残ったのは気持ち悪い色をした液体のみとなって、マンテ爺は明らかに嫌な顔をして拒む素振《そぶ》りを見せる。

「大丈夫大丈夫。口を開けてみて。きっと驚くからさ」

「分かった。アレクがワシに害を及ぼすとは思わんしな」

飲むとすぐにマンテ爺の体が淡く光って、みるみるうちに小さくなっていく。

淡い光が収まると、そこにはぬいぐるみサイズの可愛らしいマンテ爺がいた。顔も、老人の顔から、可愛い猫のようになっている。

「うわぁぁぁ！　マンテ爺、成功だよ。小さくなっている！」

「なんじゃなんじゃ？　これがワシか？　本当に小さくなっておる。しかし、不味い薬じゃな……毎回飲むと思うと憂鬱《ゆううつ》になるわい」

見た目は可愛いのだが喋ると爺さんなのがおかしく、アレクは思わず笑ってしまう。

「アハハ。口調はそのままなんだね。この際可愛らしく話してみたら？　それと、薬の味はどうにかできないか、今度色々試してみるね」

「調子に乗るでないぞい。口調はこのままじゃ。次、口調のことを言ったら噛んでやるわい」

小さいマンテ爺はもし噛んだとしても痛くなさそうな感じなので、また笑いそうになってしまう。とにかくぬいぐるみみたいで可愛いのだ。アレクは思わず抱きかかえる。

「な、何をするんじゃ。下ろさんか！」

「だって、マンテ爺可愛いし、小さくて移動も大変だから、この方が絶対いいよ。嫌だと言っても離さないからね」

ギュッと抱きしめるアレクに対して、ガクッと首を落として諦めるほかないかと思うマンテ爺だった。そこに、アレクを探しに来たノックス達がやってくる。

「やっぱりここに……ってもしかして、抱いているのはマンテ爺か？　見事に小さくなったな」

「マンテ爺、可愛くなりましたね」

「またおもしろい薬をお作りになられたのですね。これなら怖がる人はいませんよ」

ノックス、オレール、パスクはそう言いながら、皆でマンテ爺を撫でる。

「鬱陶しいわい。やめるんじゃ」

マンテ爺はノックス達の方が何倍も強いのを知っているので、口では言い返すが逆らわない。

「あ！　そうでした。これも昨日ランド商会で貰ったんです。ミスリルで補強されていて鉄の剣や下級魔法くらいだったら傷……イタッ！」

アレクの言葉を聞いたノックスが、すぐさまアレクに拳骨《げんこつ》を食らわせた。

「馬鹿か！　なんでそんな物をここに置いているんだ。すぐに魔法鞄に収納しろ！　盗まれたらどうするんだ」

ノックスがあまりにも高性能な馬車に驚きつつも、なぜそんな高価な物をこんな人目のつく場所に置いているんだとアレクを叱る。

「あ痛たたた……ついうっかりしていました。ごめんなさい。すぐ収納します」

元々前世でおっちょこちょいな一面もあったが、最近精神が十歳に近付いているからか、思考能力も十歳に近付いているのではと思う時がある。それにしても、今回のことは怒られて当然だ。

「よし！　アレク坊らしいところも見られたことだし、冒険者ギルドに行くぞ。アレク坊、模擬戦はうっかりするなよ」

アレクはすぐに「はい」と返事をするのだった。


それから、昇格試験が行われる冒険者ギルドに着いた。

今までのように、道中も冒険者ギルドに入ってからもマンテ爺を恐怖として見ていた目はなくなる。

しかし、次は物珍しそうに見てくるので、依然として周りからの視線と注目は浴びる結果となった。

それからノックスは受付に行き、今回の模擬戦の手続きをする。

「手続きは終わったから、模擬戦専用の場所に行くぞ」

地方とは違い、王都のギルドには模擬戦と練習をする場所、それぞれが確保されている。

模擬戦用の場所に着くと、観客席にチラホラ人がいた。すでに審判らしきギルド職員もいて『鉄血の牙』のメンバーも集まっていた。

「待たせてしまったみたいで申し訳ない」

「気にすることはない。俺達はワクワクして早く来てしまっただけだからよ」

ノックスがパーティーを代表して謝るが『鉄血の牙』のリーダーであるケルビンには、一切気にした素振《そぶ》りはない。

「揃ったようだし、早速昇格試験を行う。第一試合に参加する者前へ！」

向こうはもう中央へと歩を進めている。

だがこっちは何も決まっていない。しかし、木剣を握りしめたパスクが一歩前に出て歩を進める。

「先鋒、行かせていただきます。アレク様のために一勝を掴んで戻ってきますね」

普段のパスクは自ら行くような性格ではないが、今日はやる気に満ちている。

「パスクが勝つって信じているよ」

パスクはアレクがそう言うと笑顔になる。「任せてください」と言わんばかりの表情だ。

「俺はエドガーだ。よろしくな。それにしても、手加減できるような相手ではないようだな」

「こちらこそよろしくお願いします。パスクワーレと言います。こちらも全力で行かせていただきます」

「模擬戦を始める前に、ルールを説明するぞ。一人ずつ戦っていき、それぞれの実力を確認する。一、攻撃魔法は下級魔法のみ使用可能。二、殺傷力のある攻撃は禁止とする。三、急所への攻撃も禁止とする。以上だ。それでは両者健闘を祈る」

パスクとエドガーはそれを聞いて頷いた。

「それでは、始め！」

審判の合図とともに開始のゴングが鳴る。

しかし、パスクもエドガーも動かない。さらに、パスクが無防備にも一礼をする。それを見たエドガーは笑みを溢す。

二人とも凄いオーラを発していて、この場にいた者全員が固唾《かたず》を呑んで見守る。最初に動いたのはパスクだ。

「《火弾《ファイアバレット》》」

五個の《火弾《ファイアバレット》》がエドガーに飛んでいくが、エドガーは木の双剣を踊るように振り回して全て打ち消す。それを見たパスクはニヤッと笑う。次にエドガーが動く。

「《土弾《アースバレッド》》」

十個の《土弾《アースバレッド》》がパスクに飛んで行く。誰もが避けるか、防御するかと思っていたのだがパスクは微動だにせず全て直撃した。《土弾《アースバレッド》》が弾けて土煙が上がる。

アレク達以外の観客は決着がついたと思っていたが……土煙が晴れるとそこには、炎の鎧を着たパスクが立っていた。

観客はなんだあれはと大騒ぎする。

「こりゃ……凄い奴が現れたな……《土弾《アースバレッド》》はやはり打ち消されるか」

エドガーはそう言うと、試しに再度、《土弾《アースバレッド》》を撃ち込む。

しかしパスクの体に届く前に、炎によって蒸発した。

パスクはこの付与鎧を、アレクの魔拳にちなんで、『魔装甲《まそうこう》』と名付けた。

しかしすぐに、パスクは魔装甲を解く。なぜかというと、もし魔装甲の火によってエドガーが火傷を負った場合、中級か上級魔法扱いになり失格となってしまうからだ。

「そろそろ様子見はおしまいにして、打ち合いましょう。行きますよ」

パスクは足に風魔法を纏わせてスピードを上げてエドガーに襲いかかる。エドガーは咄嗟に双剣を構えて迎え打った。

剣と剣がぶつかり合う。だが次第に、エドガーの凄まじい双剣の速さが勝り始める。パスクは素早い動きでかわすしかない。

傍から見れば防戦一方に見えるパスクだが、エドガーからすると自分の攻撃が一切当たらないことに焦りを募らせていた。

パスクは段々と笑みが溢れ始める。

本来なら、致命傷を負わせる攻撃をエドガーがしている時点で審判は止める必要があるのだが、場にいる全員が見入ってしまい、止めるという選択肢に思いが至らない。

「師匠、パスクってあんなに凄いんですね。俺なら瞬殺されていますよ」

アレクはあまりのレベルの高さに驚く。パスクはまさに神業と呼ぶべき動きでかわし、エドガーもAランクに相応しい実力を遺憾《いかん》なく発揮している。

「パスクは追い込まれるほど、力を発揮する特異体質なのかもな。俺から見てもあの集中力は異常だ」

「どちらが勝つと思いますか？」

「フッ、どうだろうな？　それより、そろそろ二人が動くぞ！　集中して見ておけ」

ノックスが言った直後エドガーの攻撃は止まり、飛び退いてパスクから距離を取る。

「ふぅ～」

パスクは息を吐いて気持ちを整えてから、次の攻撃に備える。

「ハァハァハァ、そろそろ決着をつけないと俺がやられるな」

エドガーはここまでやる相手だと思っていなかったので、体力を残すことを考えずに攻め続けていた。なので、残りの持てる力を全て使い一撃で仕留めようと決意する。

先に動いたのはエドガーだった。パスクも木剣に土魔法を付与して強度を上げて迎え討つ。

「『幻双剣斬《げんそうけんざん》』！」

エドガーがそう言ってから、一撃二撃と双剣で斬り付けるが全てパスクが受けきる。

パスクが付与魔法を使い強度を上げた木剣に双剣が当たり――エドガーの木双剣が砕け散った。

それを見た全員がパスクの勝ちかと思ったが、見えない場所から二つの双剣が現れてパスクの両肩を斬り付ける。

パスクは咄嗟に、魔装甲で身を固めて攻撃を耐えきる。そして、エドガーの腹目掛けて強化された木剣で斬りつける。もう体力が底を突き打つ手のないエドガーは、まともに食らうしかなかった。

「グフッ！」

エドガーはそのまま観客席の壁に激突する。激突した衝撃で壁はへこみパラパラと壁の一部が崩れ、エドガーは地面へと倒れ込むのであった。

「しょ、勝者、パスクワーレ！」

ぼぉーっと見ていた審判は、首を横に振って意識を戻してから、勝者宣言をする。

すぐに待機していた回復が使える魔法師が、エドガーのもとに向かい彼を回復させた。

寝たままだがすぐにエドガーは意識を取り戻す。流石Aランク冒険者だと、アレクは感心した。

「ハハハ、ケルビン、負けちまった。悪いな」

「よくやった。いい戦いだった。あとは俺達に任せておいてゆっくり休め」

それを聞いたエドガーは満足そうな顔をして眠りにつくのだった。

一方、アレクはすぐにエクストラポーションをパスクに渡す。

「パスク、凄い凄い、おめでとう。早くこれを飲んで回復して」

パスクはアレクから渡されたエクストラポーションを飲んで完全回復する。

「アレク様、ありがとうございます。満足してもらえてよかったです。それと、久々に楽しい戦いができましたよ。アレク様も油断しないでください。かなり強い相手ですから」

「驚いたよ。無数の攻撃をかわすところとか、ハラハラドキドキしたもん。分かった、全力で戦うね」

アレクとパスクが話していると、ノックスが肩に手をやりパスクに「よくやった」と声をかける。

オレールも「見入ってしまいましたよ」と言う。

「続いて第二試合を行う。先ほどは止めることができなかったが、次、致命傷を与える攻撃をした時点で失格とするので覚えておくように」

「待て！　審判は私が代わろう」

そこに現れたのは、筋肉の鎧を全身に纏った男であった。

「え？　ギルドマスター！　どうしていらっしゃったのですか？」

審判の男は驚く。ギルドマスターはすでに中央に行き、やる気満々だ。

『龍殺しの英雄』をあっさり倒した者と『鉄血の牙』との戦いだ。見ておきたいじゃないか。それから君は休むといい。おい！　結界を張れる者は観客席を守るように張ってくれ。これで、よりおもしろい戦いが見られるはずだ」

それを聞いた観客席の冒険者は、率先して防御結界を張り始める。ノックスはこれはおもしろくなってきたぞと笑みを溢す。

第一試合の噂を聞きつけて、観客席にも大勢人が集まっていた。

しかも、第一試合を観戦した冒険者はこれでもかと何重にも防御結界を張っていた。どんな激しい試合を望んでいるのだとアレクは思う。

「フッハハハハ、こりゃ観戦料を徴収してもよかったな。第二試合から、このギルドマスターのロドンが仕切らせてもらう。出場選手は前へ出てこい」

アレク側も相手側も同時に出たのだが、まさかのケルビンとノックスという大将戦に出るであろう二人である。

ケルビンもノックスも、第一試合に触発されて、さらには結界まで張られて心置きなくできる環境に我慢できなくなってしまったのだ。

「まさか、ノックスが出てくるとはな。一番やりたかった相手だ。嬉しく思うぞ」

「こっちも、こんな早く殺《や》り合えるとはな。それにしても、木剣なのが悲しくなるな」

「確かに、真剣で殺《や》り合いたかったぞ。だがこんな高揚感は久しぶりだ。相手にとって不足なし！全力で行かせてもらおう」

「こちらも全力で相手させてもらう」

二人が今にも殺し合いをしそうなくらい盛り上がってしまっている。

(おいおい大丈夫か？　殺してしまわないよね？)

アレクがそう思っていると、ロドンが忠告をする。

「やる気があるのはありがたいが、殺し合いではない。ほどほどにやるのだぞ。では第二試合始め！」

開始のゴングが鳴る。まず動いたのはノックスだ。

「《氷砲誘導弾《アイスキャノンミサイル》》！」

氷の砲弾のような物がケルビン目がけて飛んでいく。

ケルビンは巧みな足さばきで全てかわすが、《氷砲誘導弾《アイスキャノンミサイル》》は方向転換して再度ケルビンを襲う。

ノックスが得意とする魔法操作だ。

そして、何度もケルビンはかわすものの、魔法は彼を延々と追尾する。観客席の冒険者もギルドマスターのロドンも、見たことがない魔法に驚きを隠せないでいる。

「チッ、なんだこれ？　しつこい！　このままじゃまずいな……《雷障壁《サンダーバリア》》」

《氷砲誘導弾《アイスキャノンミサイル》》は《雷障壁《サンダーバリア》》に当たると消え去った。そして、お返しとばかりに間髪容《かんぱつい》れずケルビンは攻撃を仕掛ける。

「《疑似雷龍《スードサンダードラゴン》》」

黄金に光りバチバチと電気を帯びたドラゴンがノックスに襲いかかる。ノックスは避けようとはせず、木の大剣を構えて受けて立つ姿勢だ。

「なかなかやるな！　だが甘い！」

ノックスは向かってくるドラゴンに対して、木の大剣を振り下ろした。

ドラゴンは見事に真っ二つになり、コントロールを失った《疑似雷龍《スードサンダードラゴン》》は二つ分かれて観客席に向かう。防御結界の何枚も割れる音が鳴り響き、最後の一枚のところでドラゴンは消失した。

ノックスが持っていた木の大剣は黒焦げになり、使い物にならなくなっていた。

「嘘だろ……あの攻撃を木剣で叩き斬るかよ。だが剣は終わっただろう。そろそろ接近戦に切り替えよう」

ケルビンは自分が持つ雷魔法の中でも得意とする《疑似雷龍《スードサンダードラゴン》》をいとも簡単に両断されたことに驚くが、大剣を使えない状態にしたことに満足する。

「いい……最近は骨のない冒険者ばかりだったからな。それにしても、おもしろい魔法だな。こんな感じか？　《疑似雷龍《スードサンダードラゴン》》」

なんとノックスは見ただけで相手の魔法を使う。

ドラゴンはケルビンに襲いかかる。まさか、自分しか使えないと思っていた魔法が放たれると思っておらず、ケルビンは焦る。

「ありえないだろ⁉　クソ！　《疑似雷龍《スードサンダードラゴン》》」

二つの《疑似雷龍《スードサンダードラゴン》》がぶつかる。だがノックスは魔力操作も一級品であり、明らかに威力が違う。

これはまずいと思ったケルビンは咄嗟に《雷障壁《サンダーバリア》》を張って身を守る。

ケルビンの《雷障壁《サンダーバリア》》に直撃した《疑似雷龍《スードサンダードラゴン》》は凄い音を立てて爆発する。その衝撃波だけでも、観客席の防御結界が破壊された。

オレールはアレクとパスクにシールドを張って守った。

そしてケルビンはといえば、地面が抉《えぐ》れていて彼の防具はボロボロになり、片膝を突いていた。

「ハァハァハァ……グハッ、ゲホゲホゲホ、チッ……こりゃ内臓までいっているか」

「ケルビン、どうする？」

ノックスが問いかけると、ケルビンは唇を噛んでから答えた。

「くっ……悔しいが、降参する」

「ゲホゲホゲホゲホ、勝者ノックス！」

衝撃で吹き飛ばされたロドンがなんとか立ち上がって、ノックスの勝利を宣言をする。

その直後、観客席にいた冒険者達から溢れんばかりの拍手と歓声が巻き起こった。

「ケルビン、このポーションを誰もいないところで飲め。そして、この薬のことは黙っていてくれよ」

ノックスはエクストラポーションが入った瓶を密かに渡す。ケルビンなら信用できると考えたのだ。

「ん？　あ？　ありがたく貰っておく。ノックス、完敗だ。次また機会があったら戦ってくれ」

「あぁ、俺からもぜひ頼むな」

ノックスは座っているケルビンと握手を交わす。

「土魔法の使い手は壁と地面の仮修復を頼むぞ。それから、さっきより強固に防御結界を張れ」

ギルドマスターが観客席の冒険者に指示を出す。冒険者達は「おー」と言ってテキパキと動き始める。

「師匠、お疲れ様でした。圧勝でしたね」

「まぁな。久々に将来性のある奴と戦ったな。アレク坊も負けるなよ」

「はい！　分かりました。全力で行きます」

アレクも試合を見て早くやりたいなと触発されるのであった。

観客席の壁と地面の修復作業が終わり、第三試合が始まろうとしていた。

「第三試合に出場する者は前へ」

アレクが行こうとすると、オレールが先に向かっていた。

アレクはえ？　俺が最後なの？　と思う。

しかしそんなアレクをよそに、意外な声が上がった。

「ギルドマスター、大変申し訳ないですが私は棄権《きけん》します。絶対に勝負にならないです」

いきなり『鉄血の牙』の女性が棄権を宣言したのだ。

「ちょっと待て。どういうことだ？」

「だって……さっきの試合で、あの男性が向こうのパーティー全員に見たこともない強力なシールドを張っていたんですよ。観客席の防御結界より頑丈なんて私の攻撃は絶対当たりませんし、それを平然と行使する魔力量に魔法知識……無理です」

どうやら、ケルビンとノックスの試合中に、オレールが張ったシールドを見ていて、同じ魔法師として勝ち目がないと悟ったようだ。

「そういうことなら仕方がないか。棄権ということでオレールの勝利！」

オレールはポカーンとなる。

「オレールさん、ごめんなさい。私が弱いばかりに……さらに図々しいお願いなのですが、もしよければ魔法を教えていただけませんか？」

相手からまさかの教授してほしいというお願いをされるオレール。予期していない発言に、オレールはどうしたものかと悩む。

「逃げることも時には必要な戦法ですが、今回は全力を尽くしていただきたかったですね。そうですね……条件は二つあります。一つ目はストレンの町に来ていただくこと。二つ目は成長した暁《あかつき》には私と手合わせをしていただくことです。どうしますか？　スベアさん」

オレールはこの時、鑑定を使って相手を見ていたのだ。だから名前も分かったし、相手の強さやスキルも見ることができた。

オレールとしては、適切な方法で育てればまだまだ伸びる逸材《いつざい》だと分かり、条件を呑めるなら育ててみようと考えたのだ。

「ごめんなさい。勝てない相手と分かると昔から逃げてしまう癖がありまして……克服できるようにします。それから、今すぐお返事はできませんが、リーダーを説得して必ずオレールさんのもとに行きます」

スベアはやる気満々だが、勝手に『鉄血の牙』に穴を開けるわけにもいかない。だから、リーダーに許可を貰ってから向かうと述べた。

先日のアデム達を護送する時も、女性だからという理由で残るように言われたのも悔しかった。大事にされているのは分かるが、自分が弱くて付いていけてないのではと思ってしまい情けなくなっていたのだ。

「いつでもお待ちしております。スベアさんの人生ですから、自分が納得がいく答えを出してください。最後に、あなたはまだまだ強くなれるとだけお伝えしておきます」

オレールはそう言うと、アレク達が待つ方に振り返って去っていく。

それを見たスベアは頭を下げて、どうにか説得しようと『鉄血の牙』の待つところに向かうのだった。

「大変なことになったな。あの子を本気で育てるのか？」

「まだ分かりません。スベアさん次第ですから。それに、ノックスも〈鑑定〉で見たのでしょ？あれを」

「あぁ確かに、彼女は凄い逸材ではあるな。だが、教えられるのか？」

「まぁ、知り合いに契約した者もいますし、それまでに、魔力量や魔力操作など基礎的なことは教えることはできますから」

スベアにどんな秘密が隠されているのか、ノックスもオレールも、詳しく話そうとはしなかった。アレクは興味をひかれるが、教えてもらえないだろうと諦める。

一方、『鉄血の牙』側ではスベアがメンバーに謝っていた。

「皆さんごめんなさい。勝手なことをして」

「構わない。俺達が熱くなりすぎていたのが問題だ。それに、これは昇格試験だということをすっかり忘れていたからな。すまなかった」

ケルビンは自分達が熱くなりすぎたせいで、軽く手合わせのはずが本気の死闘になってしまったことを反省していた。

「違うの！　私が弱いからいけないの。みんなみたいに強かったら、護送任務にも付いていけたはずだし、今回も戦えたわ。私が未熟だからなの。だからお願い……オレールさんの下で修業をさせてくれないかしら？」

「そうか、俺達は無意識にスベアを悩ませ、傷付けていたんだな。すまなかった。それと、気持ちは固そうだ。俺はスベアの考えを尊重する！　行ってくればいい」

他のパーティーメンバーも、ケルビンと同じで「行ってこい」と背中を押す。それを聞いたスベアは嬉しくなり、皆の優しさに思わず涙を流した。

おかしな状況にはなったが、まだ昇格試験は残っている。

「色々あったが、再度気を取り直して試験を始める。出場する者、前へ」

ギルドマスターがそう言うと、『鉄血の牙』の男が中央へと歩を進める。

アレクは中央に行く前に、ギルドマスターへと質問をする。

「ギルドマスター、質問よろしいですか？」

「ん？　なんだ？　言ってみろ」

「従魔がいるのですが、一緒に戦ってもいいですか？」

「おっ!?　その抱えているやつか？　いいぞ。テイマーなら従魔も立派な体の一部だ」

観客席からは「あんな小さい従魔に何ができるの？」とか「こりゃさっきまでの試合みたくは期待できないな」など、あまり受けは良くない。

だがその考えは、すぐに一変することとなる。

ギルドマスターの許しを得たアレクは、見えないようにマンテ爺へ薬を飲ませる。するとマンテ爺がみるみるうちに元の大きさになった。それを見た観客席とギルドマスターは驚愕の表情を見せる。

『鉄血の牙』のメンバーは、やはりあのマンティコアかと眉をひそめた。

「な、なんだ？　マンティコアだと？　どうなっている？」

ギルドマスターは『龍殺しの英雄』との事件については確認していたのだが、マンティコアに関しての報告書を読んでいなかったのだ。

「マンテ爺、行くよ！　俺達の初陣《ういじん》だ！」

そして、アレクとマンテ爺は中央に向かうのだった。

「ワシがかき回してやるわい」

子供がマンティコアを従魔にしている事実を見た観客席の人達は、先ほどとは打って変わって期待に満ちた表情と大歓声が上がる。

「君との対戦を心待ちにしていました。僕はリンドルと申します。さぁ出てこい、僕の仲間達」

リンドルがそう言うと、魔法陣が二つ浮き上がる。

そして、中からバジリスクと人型をした影のような者が現れた。

「僕は召喚士《しょうかんし》なのです。僕のバジリスクとドッペルゲンガーを相手に、どこまで戦えるのか楽しみにしております」

彼のバジリスクは体長二十メートルほどの、猛毒《もうどく》を持った巨大な蛇だ。

そして人型の影は、ドッペルゲンガーという、人の姿を真似る魔物だ。

リンドルが言い終わると、ドッペルゲンガーがアレクそっくりに変身する。アレクは思わず驚いてしまう。

「アレク、驚くでない。ドッペルゲンガーは姿形を真似るが、スキルは真似できんから気負いするでないぞい。ワシはバジリスクを相手するわい」

マンテ爺からアドバイスされて、アレクは冷静さを取り戻すが、自分にそっくりなのはやりづらいなと思う。しかし、スキルをコピーされないのは色んな意味で助かったとホッとしていた。

「では両者、準備はいいいな！　始め」

いきなりドッペルゲンガーのアレクが魔拳で襲いかかってくる。

アレクはそれを見て驚く。『スキル以外はコピーしてくるのかよ』と。

しかし、驚いてばかりはいられない、アレクは負けじと魔拳を繰り出す。

お互いが後先考えず殴り合いを始めるのだが、一撃の威力もスピードも子供とは思えないものであり、見ている者全てが驚きを隠せない。

次第に強化薬を飲んでいる本物のアレクが押し始めて、分が悪いと察したドッペルゲンガーは腕でガードをして、吹き飛ばされながら後ろへ飛び退いて距離を取った。

すると、ドッペルゲンガーはアレクの姿から新たな人物の姿に変わった。

「え？　えぇぇ～師匠!?」

次に変身したのはまさかのノックスだった。

ドッペルゲンガーは間髪容れずにアレクに襲いかかってくる。アレクは容姿がノックスである時点で気後れしてしまう。

先ほどまでのキレがないアレクはノックスの姿をしたドッペルゲンガーの攻撃に対して防戦一方になる。そして、ドッペルゲンガーが《氷砲誘導弾《アイスキャノンミサイル》》を放ってきた。

「ちょ、ちょっとそれは反則だ！」

アレクは第二試合で威力を目の当たりにしているので、「うわぁぁぁ」と言いながら情けなく逃げ惑ってしまう。

だがドッペルゲンガーは魔法をうまく動かすことができず、観客席に《氷砲誘導弾《アイスキャノンミサイル》》が飛んで行ってしまった。

しかも、ぶつかった時の威力と衝撃はノックスよりもかなり弱かった。だがノックスの幻影を追っているアレクはそれに気付かない。

「アレク坊、何やっている！　そいつは偽物だ。そんなカスみたいな攻撃に惑わされるな！　もし負けたら訓練を十倍にしてやるから覚悟しておけ！」

しびれを切らせたノックスから怒号が飛ぶ。アレクはそれを聞いてハッとなり深呼吸をする。

「そうだ。あれば師匠じゃなくてドッペルゲンガーだ。よく見たら威力も師匠に遠く及ばないじゃないか。俺は何をしていたんだ。ふぅ～！《極小風球》《ミニマムウインドボール》！」

アレクは目では見えないくらいの小さい空気の球をいくつも作り、一つ一つにかなりの魔力を込めて威力を上げる。

そしてそのまま飛ばすと、気を抜いていたドッペルゲンガーに直撃。ドッペルゲンガーは体中に強烈な衝撃を食らい、観客席の壁まで吹き飛んだ。

「あれ？　こんな簡単に？」

アレクは先ほどまでの恐怖はなんだったんだと驚いてしまう。

観客も何が起こったのかさっぱり分からず、どういうことだと周りにいる人と話し合っている。

ノックスはそれでいいと頷いていた。

ドッペルゲンガーは起き上がるがフラフラして満身創痍《まんしんそうい》だ。アレクはまだやるのかと身構えるがリンドルから戻るように言われる。

「ドッペルゲンガー、お疲れ様です。ゆっくり休んでください。そして、アレクさんの勝ちです。おめでとうございます。ですが、あちらはどうなりますかね？」

リンドルはニコッと笑いながら言う。流石に、子供相手に死闘はできない。しかし、まだバジリスクとマンテ爺の戦いは続いていた。

アレクとドッペルゲンガーが戦い始めた頃、マンテ爺とバジリスクも睨み合いを続けており、今にも戦闘が始まろうとしていた。

バジリスクはマンテ爺に念話で話しかけてくる。

『子供の従魔とは、落ちたものだなマンティコアよ。それに、魔獣の王である我と戦おうというのか？』

『念話とはのぅ。言葉すら話せん王とは傑作《けっさく》じゃ。アレクの凄さを知らん貴様には分からんじゃろうが、アレクはワシにとっては最高の主じゃ。ワシに負けて情けない姿を晒す前に棄権した方がええと思うがのぅ』

挑発してきたバジリスクに対して、挑発で返すマンテ爺。

それを聞いたバジリスクは「シャァァァ～」と怒りの声を上げる。

『我を愚弄《ぐろう》した罪、ただではすまんぞ』

『こんな挑発で怒るとは若いのぅ』

バジリスクはその長い尻尾を天高く上げてマンテ爺目掛けて振り下ろす。マンテ爺は難なく避けるが地面には大きなひびができた。

その後も、左右からの激しい攻撃などを繰り返してくるが、当たる寸前で全てかわす。

決してバジリスクの攻撃が遅いわけではなく、マンテ爺の動体視力の良さと素早さがあってこそ避けられていた。

バジリスクもリンドルに命令されているので、周りに被害が出ない範囲で振り回しており、本来の威力やスピードを出し切れていない。現にアレクへ攻撃が当たらないようにしているのだ。

『避けてばかりでは我に勝つことはできんぞ』

『ではそろそろ反撃をさせてもらおうかのぅ』

マンテ爺は目を瞑り、精神を集中させる。

「《紫電《パープルエレクトリックショック》》」

そしてそう呟くと、マンテ爺の頭の上に紫色に放電する球体が六つ、浮かび上がる。

次の瞬間、球体がバジリスク目掛けて飛んで行く。すると、バジリスクも口から次々と真っ黒な球体を飛ばす。《紫電《パープルエレクトリックショック》》は真っ黒な球体とぶつかり合って相殺《そうさい》された。

「こっちじゃよ」

マンテ爺はバジリスクを自慢の爪で切り裂く。

球体は囮で、本当の狙いはバジリスクの後ろを取って攻撃することにあったのだ。まともに食らったバジリスクは悲鳴に近い声を出すが、マンテ爺が攻撃を終えた直後の隙をついて尻尾で攻撃する。マンテ爺も着地寸前を狙われて避けきれず、まともに当たり吹き飛ばされた。

「ぐはぁ、先ほどまでの攻撃とは雲泥《うんでい》の差じゃな。余裕をなくしたのかのぅ？」

さっきまでとは速度も威力も桁違いの攻撃をしてくるバジリスク。

その証拠に風圧だけで、観客席の一部の防御結界が破壊されている。

当然マンテ爺もダメージを食らい、口の端から血を流していた。

『我が本気を出せば、すぐにでも倒せることが分かったか？　マンティコアよ。まだやるのか？』

『そう言う割には息が上がっているようじゃがのぅ？　それに、あっちは決着がついたようじゃぞ。ワシらも、そろそろ決着をつけんか？』

『ふはは、減らず口を叩くのがうまいな。そうだな。主を待たせては申し訳が立たないからな。決着をつけるとしよう』

両者ともに一定の距離を取り、最後の攻撃に移ろうとする。

『《拘束の目《バインドアイ》》《毒雨《ポイズンレイン》》』

バジリスクの目が光ると、マンテ爺の体が動かなくなる。そして、マンテ爺の頭上に真っ黒い雲のような物が浮かび、そこから毒の雨が降り注いだ。

「クッ！　油断したわい。ワシも、ただで倒れてやるわけにはいかんのぅ。《稲妻饗宴《ブラックライトニングフェスティバル》》」

無数の黒い稲妻がバジリスクを襲う。そして目では追いきれないスピードと追尾してくる稲妻を避けきることができずに直撃した。

マンテ爺は猛毒のせいで皮膚を真っ黒にして倒れ込み、バジリスクも、体から煙を上げて倒れ込んだ。

死んではいないが、お互い相当なダメージを食らっていた。

「マンテ爺～！」

アレクはすぐさまマンテ爺に駆け寄る。そして、緑の液体が入った瓶を取り出す。

「マンテ爺～これをすぐ飲んで」

「すまんのぅ」

マンテ爺が液体を飲み干すと、毒に侵されて真っ黒になった体はみるみるうちに元の色に戻った。

アレクが飲ませたのは毒回復ポーションだ。どんな毒にも効くという毒消し薬である。マンテ爺は何事もなかったかのように起き上がり自分の体を確認する。

「マンテ爺、体は大丈夫？」

「もう大丈夫じゃ。アレクのおかげで助かったわい。すまんがあとで回復ポーションも貰えんかのぅ。前足を痛めてしまったようじゃ」

アレクはそれを聞いてすぐにポーションを取り出そうとするが「見られたらまずいんじゃろ？あとで大丈夫じゃ」と気を使う。

「フーリー、大丈夫ですか？　すぐに回復させますからね。リリィ、治せそうですか？」

リンドルはバジリスクのフーリーを心配そうに見つめる。そして新しく召喚したスライムがフーリーの体全体を覆った。そして、リンドルに念話で話しかける。

『回復には時間がかかるっピ。でも治せるから安心するっピよ』

「そうですか……よかったです。フーリー、お疲れ様です。リリィ、あとはお願いしますね」

そう言って、フーリーとリリィの召喚を解いて戻した。

「そろそろいいか？　第四試合はアレクの勝ちだ！　これにて、昇格試合を終わりとする」

ワァアアと盛り上がる観客達。そして、リンドルはアレクに近付いて手を出してくる。アレクはその手を握り返す。

「いい戦いができました。ありがとうございます」

「こちらこそ、いい勉強になりました。ありがとうございます」

こうして長かった昇格戦は終わりを迎えたのである。

◆　◇　◆

昇格試験が終わり、ギルドマスターからすぐ来るようにと言われたアレク達は、応接室にやってきていた。

「改めて、私はギルドマスターのロドンだ。昇格試験は素晴らしい戦いだった。正直、昇格試験ということを忘れて白熱してしまったくらいだ」

「俺はノックスだ。よろしく。それで、ここに呼ばれた理由を聞かせてくれないか？」

「呼んだ理由はほかでもない、君達の昇格が決まったからだ。本来ならCランクに昇格するところだが、戦いぶりに鑑《かんが》みて、私の権限でBランクに上げさせてもらった。それに伴い、指名依頼が舞い込んでくるだろう。だから早めにパーティー名を決めておいてくれ」

Bランクまで一気に昇格するとは思っておらず、アレクは驚く。

「俺らからするとありがたいが、もう昇格試験はしなくていいのか？」

ノックスがそう尋ねる。

「元々本部も、お前達には早く昇格してほしいらしくてな。聞けば元Sランクが二人もいるというじゃないか。それで、今回Aランクの『鉄血の牙』を試験官にしたわけだ。正直期待以上の結果だったぞ。依頼をこなして早くAランクに上がってくれ」

ロドンからは、そんな答えが返ってきた。

するとノックスはため息を吐く。

「はぁ～、どうせ上の奴らが困っている依頼を片付けさせたいんだろ？　だが俺達はこいつら二人も育てながらだからな。ここからはじっくり成長させながら上がらせてもらうさ」

Aランクが試験官だったのは、全て仕組まれていたのだ。

ノックスはそれを聞いても従わない意志を貫いて、アレクとパスクを育てることを優先することを決意した。

この時アレクはそんなことより、パーティー名をどうしようかと考えていた。

「ああ。俺からしても、無理にAランクになってすぐ死ぬよりは、育って活躍してもらいたいからな。現場を理解していない奴らの言いなりになる必要はないぞ。あと、これが新しい冒険者証だ。ミスリルで出来ているからなくすなよ。再発行代は高いぞ」

ロドンからアレク達に少し青みがかった高級感ある冒険者証が渡された。

そして用事は済んだので、冒険者証を魔法鞄に仕舞ってから一階に下りる。すると、一階では『鉄血の牙』のメンバーが待っていた。

「待っていたぞ。その顔からしてCランクに昇格できたようだな。おめでとう」

リーダーのケルビンが祝いの言葉を投げかける。それに続いて他のメンバーも「おめでとう」と声をかける。

「それがな……Bランクまで上がったんだよ。上も色々思惑があるらしいがな。まぁ、目標にしていたBランクに一年早く上がれたのはありがたい」

ノックスの目標を全く聞いていなかったアレクは、一年でBランクになろうとしていたことを知って驚く。

『鉄血の牙』のメンバーも、そんなに早く上がれる奴はいないよという感じで苦笑いを浮かべていた。

「そういうことか。だから俺達を試験官にしたわけだな。それより、スベアのことをよろしく頼む！　スベアからも改めてお願いしろ」

「あ、あの～私……」

「待て待て。言うのは俺にじゃなくて、オレールにだろ？」

スベアがノックスに対してお願いしようとするが、これから師匠になる相手に、まずは挨拶すべきだと言う。

「あ！　はい！　オレールさん、足を引っ張らないように頑張るのでどうかご教授ください！」

「そんなにかしこまらないで。スベアさんは必ず強くなりますから、気負わずゆっくり頑張っていきましょう」

オレールは雰囲気からしてノックスとは違った優しさがあり、女性を教えるのに向いていそうである。

「はい！　よろしくお願いします」

それから一人一人自己紹介をして親交を深めるのであった。

◆　◇　◆

一方その頃、王城では鉱山奴隷が逃げ出したことで大騒ぎになっていた。

「陛下、至急お伝えしたいことがございます」

国王の執務室に、アントンがノックもせずに入室する。普段聞くことがないような慌てた声に、国王もただごとではないと察する。

「アントンか!?　何があった？」

「ペクト鉱山が何者かに襲撃を受け、看守が殺され、そして奴隷が全て逃げ出しました」

「な、何～！」

「現在、第二騎士団と調査員を派遣したところです」

「分かった。報告を待つとしよう。それにしても、また厄介事とは……」

アントンには緊急時だけ兵を動かせる命令権を与えられている。そのため国王の指示を仰ぐ前に騎士団と調査員を派遣できたのだ。

「全くです。それと、ヴェルトロ伯爵家に兵を送った方がよろしいかと。復讐を狙う輩がいるやもしれません」

「そうだな。第三騎士団長をすぐ呼んでくれ」

せっかく謀反《むほん》を企てる者らを捕まえて、穏やかな日々を迎えたにもかかわらず、またしても国王は頭を抱えなくてはならなくなったのだった。

◆　◇　◆

王都での依頼をこなしたり、観光をしたりして、おやっさんに頼んでいた武具が完成するまでの残りの日々を過ごしたアレク達。

今日はやっとその日を迎えた。

「おやっさ〜ん！　来ましたよ〜。ちゃんと酒も持ってきました〜」

アレクが酒という言葉を出した瞬間、おやっさんが奥からドタドタと走ってくる。

「酒はどこじゃ？　って坊主か！　とりあえず酒をよこすんじゃ。話はそれからじゃわい」

相変わらずのおやっさんらしさである。アレクが魔法鞄から酒を五樽出すと、おやっさんは小躍りし出して飲み始める。

「ほほぉ〜酒は最高じゃわい。よし、ちょいと待っとれ。すぐに持ってくるわい」

そう言って奥に行く。しばらくして武器と防具を往復して人数分持ってくる。

「まずは胸当てじゃが、基本は地竜《じりゅう》の皮を使っておる。ここにはオリハルコンを使って強化もしておるから、大抵のことじゃ致命傷も負わんし、全部に使っておらんから動きに支障ないじゃろう」

地竜の皮は柔らかく伸縮性《しんしゅくせい》があり、丈夫な素材である。それに心臓部分にだけオリハルコンを使って致命傷を負わないように作られている。

アレク達は自分に用意された胸当てを装着する。サイズはピッタリで、着ていないような錯覚に陥るほどの軽さであり、動きも一切阻害《そがい》されない見事な作りだ。

「これは凄いですね！」

アレクが驚きの声を上げると、ノックス、オレール、パスクが同じような感想を述べる。

「流石、ドワーフだな。馴染みすぎて怖いくらいだ」

「奴隷の私がこんないい物を頂いていいのでしょうか？」

全員が気に入ったようだ。パスクも、そのように言ってはいるが内心かなり喜んでいた。A級冒険者であるスベアから見ても、かなりうらやましい胸当てだった。

「次は武器じゃな。まずはお前さんからじゃな」

そう言って武器を渡され、一人一人説明を受ける。

まずパスクに渡されたのは付与しやすいように総ミスリルで作られた剣である。次に、オレールの杖はミスリルと輝瞳竜《きどうりゅう》の瞳が埋め込まれた物だ。輝瞳竜とは瞳の色が変化することで、魔法の種類が変わる竜である。魔力も通しやすく威力も上げてくれる最高の杖だ。

次に説明されたアレクの武具は、変哲《へんてつ》もないガントレットだった。

「坊主の武具じゃが、成長するガントレットじゃ。坊主次第でゴミにもなるし、唯一無二の装備にもなる。説明は以上じゃ」

アレクの武具だけ説明という説明がなく終わり、アレクにはどうやって使っていけばいいかさっぱり分からなかった。

（つまり、自分で使い道を見つけろということか……頑張って使いこなせるようにならないと）

アレクはそう決意して、ノックスに向き直ったおやっさんの言葉に耳を傾ける。

「最後に、お前さんの武器じゃがワシが打ったもんではないんじゃ。親父に、こいつを必要としている奴がいつか来た時に渡してやれと言われていたもんじゃ」

それは真紅と言っていいほどの色をした大剣である。ノックスはゆっくり手に取り、それを眺める。そして、ノックスの目から大剣へと涙が溢れ落ち始めた。

「この感触に荒々しい見た目、こいつは間違いないな……口ではあんな鬱陶しそうにしていたくせにどういうことだよ。二度目に会いに行ったら店すらないし……クソ！　なんで死んじまったんだ！」

ノックスは大剣を握りしめながら、これを作ったドワーフのことを思い出して泣いていたのだ。周りは何も言うことができず見守るしかない。

「そいつは親父の最後の作品じゃ。定期的に持ってきてワシに見せるんじゃぞ。ワシしか手入れはできんぞい」

おやっさんは自分の父親の作品をここまで気に入ってくれていることに喜んではいるが、表には絶対出さない。そして、当たり障りのないことを言って、いつもの自分を演じる。

「あぁ、分かった！　でもおやっさん、こんな大事な物をよかったのか？」

「フン、ワシのところにあっても意味はないじゃろ。使われてこそ意味を成す。それに親父の遺言じゃからな。これを使って存分に暴れるんじゃ」

「任せてくれ。親父さんにこいつを俺に渡してよかったと思うような使い手になってやるからな」

それを聞いたおやっさんは大笑いして「次、壊したら許さんぞい」と冗談で言うのである。

◆◇◆

一方、鉱山から逃げ出したヨウスはというと、近くの森の中の古びた小屋に逃げ込んでいた。

「あいつさえいなければ、あいつさえいなければぁぁぁぁ〜クソ！」

アレクへの恨みを募らせて、鬼のような形相をしていた。

そこに、怪しい声がする。

「力が欲しいか？」

「誰だ!?」

ヨウスが辺りを見渡すが誰もいない。だが確かに気配だけは感じる。

その気配――ゼロがヨウスに語りかける。

「我に従うのであれば、あやつに負けん力を授けてやろう。さぁ、魂を売る覚悟があるなら我の問いに答えよ」

訳が分からないが、ヨウスからしたらそんなことはどうでもいい。今はアレクに勝つ力さえ手に入ればどうなろうと知ったことではないのだ。

「俺に力をよこせ！　魂でもなんでも持っていきやがれ」

「フッハハハハ！　生意気だがこの恨みは素晴らしいではないか。力を受け取るがよい」

黒い靄がヨウスの体に入ってくる。

ヨウスは痛みと苦しさで「ぐわぁぁぁぁ」っと悲鳴を上げて、その場で倒れた。

すると二つの人影が、ヨウスのもとに姿を現した。

「ナンバー1、こやつを連れて帰る。それにしても、この強さは予想外だ。おもしろい」

ゼロはナンバー1にヨウスを抱えさせて、その場から消えるのであった。

Re:Monster
リ・モンスター
1～9・外伝
8.5
暗黒大陸編1～4
金斬児狐
Kanekiru Kogitsune
シリーズ累計
170万部
（電子含む）
突破！
2024年4月4日～！
TVアニメ
放送開始!!
（TOKYO MX、BS11ほか）
ネットで話題沸騰！
怪物転生
ファンタジー
最弱ゴブリンの下克上物語 大好評発売中！
コミカライズも大好評！
Re:Monster
リ・モンスター
金斬児狐
転生したのは まさかの 最弱ゴブリン!?
【小説】
1～9巻／外伝／8・5巻
新章
Re:Monster
暗黒大陸編
THE DARK CONTINENT
リ・モンスター
1
最弱ゴブリンから最強黒鬼 そして新世界の伝説へ
新たな旅が今始まる！
65万部
新シリーズ！
【小説】
1～4巻（以下続刊）
Re:Monster
リ・モンスター
1
転生したのは… 最弱ゴブリン!?
異世界下克上
サバイバルファンタジー
累計23万部突破!!
待望のコミカライズ!!
【漫画】
1～11巻（以下続刊）
◉各定価：1320円（10％税込）
◉illustration：ヤマーダ
◉各定価：1320円（10％税込）
◉illustration：NAJI柳田
◉各定価：748円（10％税込）
◉漫画：小早川ハルヨシ

TVアニメ

2024年4月13日より放送開始!
(TOKYO MX・MBS・BS11ほか)

デスゲームと化したVRMMO－RPG「THE NEW GATE」は、最強プレイヤー・シンの活躍により解放のときを迎えようとしていた。しかし、最後のモンスターを討った直後、シンは現実と化した500年後のゲーム世界へ飛ばされてしまう。デスゲームから"リアル異世界"へ――伝説の剣士となった青年が、再び戦場に舞い降りる!

各定価:1320円(10%税込)
1～22巻好評発売中!

illustration:魔界の住民(1～9巻)
KeG(10～11巻)
晩杯あきら(12巻～)

コミックス1～14巻好評発売中!

漫画:三輪ヨシユキ
各定価:748円(10%税込)

アルファポリスHPにて大好評連載中!

アルファポリス 漫画 検索

異世界ゆるり紀行
子育てしながら冒険者します
1~15
水無月静琉
Minazuki Shizuru
シリーズ累計
110万部（電子含む）
突破!!
2024年7月
TVアニメ
放送開始!!
（テレ東・BSテレ東ほか）
1~15巻
好評発売中!
コミックス
1~8巻
好評発売中!

この作品に対する皆様のご意見・ご感想をお待ちしております。
おハガキ・お手紙は以下の宛先にお送りください。

【宛先】
〒150-6019 東京都渋谷区恵比寿 4-20-3 恵比寿ｶﾞｰﾃﾞﾝﾌﾟﾚｲｽﾀﾜｰ 19F
（株）アルファポリス　書籍感想係

メールフォームでのご意見・ご感想は右のＱＲコードから、
あるいは以下のワードで検索をかけてください。

アルファポリス　書籍の感想　［検索］

ご感想はこちらから

本書は Web サイト「アルファポリス」(https://www.alphapolis.co.jp/)に投稿されたものを、
改題、改稿、加筆のうえ、書籍化したものです。

チート薬学《やくがく》で成《な》り上《あ》がり！ 2

伯爵家《はくしゃくけ》から放逐《ほうちく》されたけど優《やさ》しい子爵家《ししゃくけ》の養子《ようし》になりました！

めこ

2024年　3月　31日初版発行

編集－高橋涼・村上達哉・芦田尚
編集長－太田鉄平
発行者－梶本雄介
発行所－株式会社アルファポリス
〒150-6019 東京都渋谷区恵比寿4-20-3 恵比寿ｶﾞｰﾃﾞﾝﾌﾟﾚｲｽﾀﾜｰ19F
TEL 03-6277-1601（営業）　03-6277-1602（編集）
URL https://www.alphapolis.co.jp/
発売元－株式会社星雲社（共同出版社・流通責任出版社）
〒112-0005 東京都文京区水道1-3-30
TEL 03-3868-3275
装丁・本文イラスト－汐張神奈
装丁デザイン－AFTERGLOW
印刷－図書印刷株式会社

価格はカバーに表示されてあります。
落丁乱丁の場合はアルファポリスまでご連絡ください。
送料は小社負担でお取り替えします。

ISBN978-4-434-33600-3 C0093